Stefan Wolf

Das leere Grab im Moor

Ein Fall für

TKKG

T wie Tarzan
K wie Karl
K wie Klößchen
G wie Gaby

Pelikan

ISBN 3-8144-0103-4

Umschlag-Gestaltung und
Textillustrationen: Rainer Stolte, München
Textredaktion: Egon Fein · f-press, München
Druck und Bindung: Clausen & Bosse, Leck
Schrift: 10/12 Punkt Vevey
Printed in Germany
Auflage 30 29 28 27 26 25 24 23 22 21 20 19 18 17 16

Inhalt

TARZAN

heißt in Wirklichkeit Peter Carsten, aber kaum einer nennt ihn so. Er ist der Anführer unserer vier Freunde, der TKKG-Bande. Warum sie so heißen? Weil das die Anfangsbuchstaben ihrer Vornamen sind: Tarzan, Klößchen (auch das ist freilich nur ein Spitzname), Karl und Gaby. Tarzan, 13 Jahre und ein paar Monate alt, ist immer braun gebrannt und ein toller Sportler — vor allem in Judo, Volleyball und Leichtathletik, und da besonders im Laufen. Seit zwei Jahren wohnt der braune Lockenkopf in der Internats-Schule, geht jetzt in die Klasse 9 b. Sein Vater, ein Ingenieur, kam vor sechs Jahren bei einem Unfall ums Leben. Seine Mutter, die als Buchhalterin arbeitet, kann das teure Schulgeld nur mühsam aufbringen. Doch für ihren Sohn ist ihr nichts zuviel. Tarzan dankt es ihr mit guten Zeugnissen. Aber deshalb würde ihn niemand — nicht mal im Traum — für einen Streber halten. Im Gegenteil: Wenn es irgendwo ein Abenteuer zu erleben gibt, ist er der erste und immer dabei. Ungerechtigkeit kann ihn fuchsteufelswild machen. Und so kommt es, daß er für andere immer wieder Kopf und Kragen riskiert.

KARL, DER COMPUTER geht in dieselbe Klasse wie Tarzan, in die 9 b, wohnt aber nicht im Internat, sondern bei seinen Eltern in der Stadt. Er heißt mit Nachnamen Vierstein, und sein Vater ist Professor für Mathematik an der Universität. Wahrscheinlich hat Karl von ihm das tolle Gedächtnis geerbt, denn er merkt sich einfach alles — wie ein Computer. Karl ist lang und dünn, und wenn ihn etwas aufregt, putzt er sofort die Gläser seiner Nickelbrille. Bei einer Prügelei nützt ihm sein Gedächtnis leider wenig. Muskeln wären dann besser. Weil er die nicht hat, bleibt er lieber im Hintergrund und kämpft mit den Waffen seines Gehirns — aber feige ist er nie.

KLÖSSCHEN
ist ein prima Kerl, an dem man nichts auszusetzen hätte, wenn er bloß nicht so vernascht wäre. Eine Tafel Schokolade — und er wird schwach. Noch lieber sind ihm zwei, drei oder gar fünf Tafeln. So bleibt es nicht aus, daß Willi Sauerlich — so heißt er mit vollem Namen — immer dicker und unsportlicher wird. Zusammen mit Tarzan, in dessen Klasse er auch geht, wohnt er im Internat in der Bude ADLERNEST. Klößchens Eltern, die sehr reich sind und in der gleichen Stadt leben, haben nichts dagegen, denn dem Jungen gefällt es bei seinen Kameraden besser als zu Hause. Da ist mehr los, sagt er. Sein Vater ist Schokoladen-Fabrikant, und er hat sogar einen Zwölf-Zylinder-Jaguar. Heimlich wünscht Klößchen sich, so schlank und sportlich zu sein wie Tarzan.

GABY, DIE PFOTE

hat goldblonde Haare und blaue Augen mit langen dunklen Wimpern. Sie ist so hübsch, daß Tarzan manchmal nicht hingucken kann, weil er sonst rot wird. Er mag sie halt sehr gern. Aber affig ist Gaby Glockner deshalb kein bißchen – im Gegenteil: Sie macht alle Streiche mit. Selbstverständlich passen die drei Jungens immer auf sie auf, besonders wenn's gefährlich wird. Vor allem Tarzan ist dann sehr besorgt. Er gibt es zwar nicht zu, aber wenn es darauf ankäme, würde er sich für Gaby zerreißen lassen. Sie wohnt, wie Karl, bei ihren Eltern in der Stadt, besucht aber auch die Klasse 9 b im Internat. Der Vater ist Kriminalkommissar, die Mutter führt ein kleines Lebensmittelgeschäft. Als Rückenschwimmerin ist Gaby unschlagbar, und in Englisch hat sie die besten Noten. Sie ist sehr tierlieb und läßt sich von jedem Hund die Pfote geben, deshalb heißt sie auch „Pfote". Kein Wunder, daß sie mit großer Liebe an Oskar hängt, ihrem schwarz-weißen Cocker-Spaniel. Leider ist er auf einem Auge blind. Aber er riecht alles, besonders gebratene Hähnchen.

Stefan Wolf

Ein Fall für TKKG

Die Jagd nach den Millionendieben
Der blinde Hellseher
Das leere Grab im Moor
Das Paket mit dem Totenkopf
Das Phantom auf dem Feuerstuhl
Angst in der 9a
Rätsel um die alte Villa
Auf der Spur der Vogeljäger
Abenteuer im Ferienlager
Alarm im Zirkus Sarani
Die Falschmünzer vom Mäuseweg
Nachts, wenn der Feuerteufel kommt
Die Bettelmönche aus Atlantis
Der Schlangenmensch
Ufos in Bad Finkenstein
X7 antwortet nicht
Die Doppelgängerin
Hexenjagd in Lerchenbach
Der Schatz in der Drachenhöhle
Das Geheimnis der chinesischen Vase
Die Rache des Bombenlegers
In den Klauen des Tigers
Kampf der Spione
Gefährliche Diamanten
Die Stunde der schwarzen Maske
Das Geiseldrama
Banditen im Palast-Hotel
Verrat im Höllental
Hundediebe kennen keine Gnade
Die Mafia kommt zur Geisterstunde
Entführung in der Mondscheingasse
Die weiße Schmuggler-Jacht

1. Der Schatz des Scheichs

Schauriges Stöhnen weckte Tarzan.

Schlaftrunken blinzelte er in die Dunkelheit. Dann setzte er sich auf.

Durchs Fenster schien der Vollmond herein. Dick und gelb hing er am samtigen Nachthimmel. Sein Licht ergoß sich über das Schulgelände und drang in viele Winkel, reichte aber nicht bis zu Klößchens Bett.

Von dort kam das Stöhnen.

„Grrrrrr .. Uuuuuuuhhhh ... Uaaaaahhhh ..."

Tarzan, jetzt vollends wach, knipste die Nachttischlampe an. Dabei fiel sein Blick auf die Uhr. Es war Viertel nach zwei; und Klößchen, sein Freund und Budenkamerad, träumte. Schreckliches schien sich in seiner Traumlandschaft abzuspielen. Offenbar wurde er gerade gevierteilt.

„O Mann!" sagte Tarzan laut. „Das ist nicht auszuhalten. He, Willi! Träum' gefälligst leise! Du bist nicht allein."

Ein heftiger Schnarcher antwortete. Das Stöhnen verstummte. Dann warf sich Willi Sauerlich, genannt Klößchen, im Bett herum.

„Was ... was ... wo sind ... die Kannibalen?" Klößchens sommersprossiges Mondgesicht fuhr vom Kopfkissen hoch.

„Einer liegt unter deinem Bett und fletscht die Zähne", sagte Tarzan grinsend. „Mann, Willi! Mit 13 Jahren hat man doch nicht so kindische Träume! Von Kannibalen! Sogar im Traum dreht sich bei dir alles ums Futtern. Du standst wohl schon auf der Speisekarte, wie?"

Klößchen stieß prustend die Luft aus und wischte sich über die verschwitzte Stirn.

„Junge, da bin ich aber knapp entkommen", meinte er. „Hätte ich weiter geträumt, wäre ich wohl erwischt worden. Der Kessel war schon angeheizt. So ein dicker

Häuptling wollte mich als Bouillon mit Einlage."

„Da wäre der ganze Stamm satt geworden", lachte Tarzan. „Du hast vielleicht gestöhnt! Daß du überhaupt solche Alpträume kriegst, daran ist bloß dein verkorkster Magen schuld. Du hast Bauchweh, und das verdankst du deinem Sieg gestern abend. Merkst du jetzt, was für ein Mist das war?"

„Detlef hat mich herausgefordert", verteidigte sich Klößchen. „Das ging gegen meine Ehre. Da konnte ich nicht kneifen."

„Ehre? Daß ich nicht lache! Zwei Vielfraße haben ein Wettessen veranstaltet. Was hat denn das mit Ehre zu tun, wieviel Schokolade man verdrücken kann? Dein Sieg ist kein Ruhmesblatt. Sieben Tafeln Schokolade! Da graust einem doch."

„Detlef hat fünf geschafft", sagte Klößchen.

„Weil er spinnt. Falls du jetzt weiterträumst, stöhn' bitte nicht so! Und bestell' deinem Häuptling, daß du zur Bouillon nicht geeignet bist. Aus dir läßt sich höchstens Schokoladencreme machen."

„Ph!" machte Klößchen. „Nur kein Neid. Wer hat, der hat. Mach's Licht aus! Ich will schlafen und zu meinen Kannibalen zurück. Die sind erfreulicher als du. Jeder Mensch — so hat Dr. Meinert neulich gesagt — müsse mal an die Grenze seiner Leistungsfähigkeit herangeführt werden. Und ich — zum Teufel, zum Kuckuck! Verdammt noch mal! — wollte wissen, wieviel Schokolade ich essen kann. Gute Nacht!"

„Gute Nacht!" Tarzan grinste, knipste das Licht aus, rollte sich im Bett herum — mit dem Gesicht zum Fenster — und schob beide Hände unter den Kopf.

Augenblicke später verkündeten tiefe Atemzüge, daß Klößchen schon wieder schlief.

Tarzan sah in die Mondnacht hinaus. Das Fenster war angelehnt, und man roch förmlich die laue Luft. Es war

Juni. Der Park der großen Internatsschule verströmte Blütenduft, und die Grillen zirpten.

Irgendwas hielt Tarzan noch wach.

Tarzan war natürlich sein Spitzname. Er hieß Peter Carsten, wurde aber nur von wenigen Lehrern so angeredet. Den Spitznamen hatte er weg, weil er mit affenartiger Geschwindigkeit am Kletterseil hochturnen konnte. Außerdem vielleicht noch wegen seiner dunklen Locken und weil er immer gebräunt war. Für einen 13jährigen war er groß. Er hatte blaue Augen, kräftige Muskeln und galt als der beste Sportler seines Jahrgangs. Seine bevorzugten Disziplinen waren Judo, Volleyball und Sprint.

Klößchen verkörperte das Gegenteil: Dick, unsportlich, mit rotblonden Haaren und anmutigen Segelohren. Er war der einzige Sohn eines millionenschweren Schokoladenfabrikanten und bewohnte zusammen mit Tarzan das ADLERNEST, wie die Bude im zweiten Stock des Hauptgebäudes der Internatsschule hieß. Alle Buden hatten Namen, und nebenan in der RÄUBERHÖHLE wimmerten in diesem Augenblick die Sprungfedern unter einer Matratze, als übe sich ein Elefant im Trampolinspringen.

Detlef! dachte Tarzan. Hat sich rumgedreht.

Detlef war der dickste Junge der Schule — noch dicker als Klößchen.

Tarzan schloß ein Auge. Mit dem andern sah er zum Nachthimmel. Wie die Sterne funkelten! Rötlich, grünlich — einige sogar wie die Diamanten im Schaufenster vom Juwelier Mayer. Und der kleine dort hinten, der schien sich zu bewegen.

Optische Täuschung, dachte Tarzan halb im Einschlafen und wollte auch das andere Augen schließen.

In diesem Moment explodierte der Stern.

Glühendrot wie eine Silvesterrakete sprühten Funken am Nachthimmel.

Erschrocken richtete Tarzan sich auf. Er glaubte, einen

Knall gehört zu haben. Angestrengt schaute er zum Fenster hinaus, aber da war der Spuk schon verschwunden.

Für einen Moment wußte er nicht: Habe ich geträumt? Oder habe ich das wirklich gesehen und gehört? Eine Sternschnuppe? Dann schnell was wünschen! Oder war's vielleicht ein Ufo, eine fliegende Untertasse?

Nee, dachte er. Das bestimmt nicht. Das wäre verrückter als Klößchens Kannibalen. Ist ja auch egal.

Immerhin — es hätte sein können, daß es eine Sternschnuppe war. Deshalb meldete er vorsichtshalber seine Wünsche an. Viel Glück für alle Menschen, die ihm nahestanden. Vor allem für seine Mutter. Einen Vater hatte er nicht mehr. Der war Diplomingenieur und schon vor Jahren tödlich verunglückt. Und viel Dusel auch für seine Freunde: Gaby, Klößchen und Karl.

Noch während er das dachte, sanken ihm die Lider herab, und er schlief ein.

Um halb sieben war Wecken. Tarzan, ein Frühaufsteher, sprang sofort aus dem Bett. Klößchen grunzte nur und zog sich die Decke über den Kopf. Jeden Morgen mußte Tarzan ihn piesacken, damit er endlich aus den Federn kam. So langsam Willi anfangs herumtrödelte, später, beim Frühstück, legte er einen Zahn zu, daß man nur so staunen konnte. Er aß mindestens dreimal so schnell wie der Durchschnitt. Und er konnte das Tempo noch steigern, wenn es Käsesemmeln und Kakao gab: seine Lieblingsspeise. Sie kam gleich nach Schokolade.

Ein paar hundert Jungs hatten sich im Speisesaal versammelt. Mädchen wohnten im Internat nicht. Freilich, die Klassen waren gemischt, aber die drei, vier Mädchen, die es in jeder Klasse gab, kamen morgens mit dem Schulbus aus der Stadt. Manche auch mit Rädern.

Die Stadt war nicht weit — nur etwa 20 Trablaufminuten von der Schule entfernt. Es war eine Großstadt. Mit Flughafen, U-Bahn und Sportstadion. Eine Zubringerstraße, die durch Felder und Wiesen führte, verband die Schule mit der Stadt.

„Heute nacht", sagte Tarzan, als er nach dem Frühstück mit Klößchen zum Klassenraum der 9 b ging, „habe ich 'ne ulkige Sternschnuppe gesehen. Wie eine Granate ist die am Himmel explodiert."

„So sehen Sternschnuppen manchmal aus", sagte eine Stimme hinter ihnen.

Die beiden drehten sich um.

Es war ihr Freund Karl Vierstein, genannt Computer. Er grinste. Hinter den Gläsern seiner Nickelbrille leuchteten intelligente Augen. Links hatte er sich die Schulmappe unter den Arm geklemmt, rechts den Beutel mit Turnzeug. Seine Arme besaßen eine beachtliche Länge, weshalb ein gehässiger Mensch mal behauptet hatte, Karl könne sich — aufrecht stehend — in den Kniekehlen kratzen. Aber das war übertrieben. Die Behauptung, er könne sich hinter einem Laternenpfahl verstecken, kam dagegen der Wahrheit sehr nahe. Karl war lattendürr. Den Spitznamen Computer hatte er sich redlich verdient, weil er sein unglaubliches Gedächtnis tagtäglich schulte. Mittlerweile war es wirklich wie ein Computer, in dem er speichern konnte, soviel er nur wollte.

Ist vererbt, meinten manche Mitschüler, denn Karls Vater war Mathematikprofessor an der hiesigen Universität.

„Grüß' euch!" sagte Karl. Und er setzte in seiner immer ein wenig belehrenden Art hinzu: „Im übrigen: Sternschnuppen sind Meteore. Oder — anders herum: Meteore ist die Bezeichnung für die Lichterscheinungen, die durch außerirdische Kleinkörper, welche in die Erdatmosphäre eindringen, ausgelöst werden. Lichtschwache Meteore werden Sternschnuppen, größere werden Feuerkugeln genannt. Sternschnuppen haben Massen bis zu einigen Gramm. Mehr nicht. Das Aufleuchten in den hohen Atmosphärenschichten erfolgt in etwa 120 bis 80 Kilometer Höhe, das Erlöschen durch Verdampfung in etwa 80 bis 20 Kilometer Höhe."

„Bitte, nicht!" Klößchen verzog das Gesicht. „Nicht vor dem Unterricht! In den nächsten sechs Stunden erfahre ich sowieso mehr als ich wissen will. Und viel mehr als ich mir merken kann. Dazu noch deine Vorträge — und ich fahre aus der Haut.“

Karl grinste. „Ich weiß, daß ich meine Perlen vor die ... Naja!“

„Irgendwas stimmt nicht“, sagte Tarzan, der einen Moment nachgedacht hatte.

„Meine Erinnerung an Erlerntes“, erklärte Karl gespreizt, „ist über jeden Zweifel ...“

„Das meine ich nicht. Im Gegenteil. Ich weiß, daß du keinen Kohl erzählst. Aber dann war's keine Sternschnuppe. Sie leuchtete nämlich nicht in 100 Kilometer Höhe auf, sondern tief über — ja, ungefähr über dem Soiner Moor.“

„Ach so. Dann war's eine Rakete."

„Eine Rakete", nickte Klößchen. „Aber erzähl' uns jetzt um Himmels willen nichts über Raketen."

„Ich respektiere deinen Wunsch, in Unwissenheit zu verharren", meinte Karl hoheitsvoll. „Aber falls du eine Frage hast, kannst du dich getrost an mich wenden."

Bevor sie den Klassenraum erreichten, kam ihnen Gaby entgegen. Das war ungewöhnlich. Und Tarzan sah auch gleich, daß ihr Gesicht nicht nur vom Radeln erhitzt war.

Gaby Glockner, 13, war eine sogenannte Externe und kam — wie Karl — jeden Morgen aus der Stadt. Sie hatte tiefblaue Augen mit dunklen Wimpern und lange, blonde Haare, die wie Seide knisterten. Als Rückenschwimmerin ging ihr der Ruf voran, unschlagbar zu sein. Außerdem war sie in Französisch die beste. Tarzan mochte Gaby sehr. An die große Glocke hängte er das zwar nicht, aber im Geheimen wäre er bereit gewesen, sich für Gaby zerreißen zu lassen. Uneingeschränkt teilte er die Meinung der meisten Jungs, sie sei das hübscheste Mädchen der Schule. Natürlich hatte auch sie einen Spitznamen: Pfote. Das kam daher: Sie liebte Tiere über alles, besonders Hunde — und sie konnte an keinem vorbeigehen, ohne ihn aufzufordern, ihr die *Pfote* zu geben. Seltsamerweise gehorchten ihr alle — auch die bissigsten Hunde. Daß Gaby einen vierbeinigen Freund hatte, war klar. Er hieß Oskar, und er war ein netter, aber sehr verfressener Cockerspaniel.

„Morgen, allerseits!" sprudelte sie jetzt los. „Habt ihr schon von dem Unglück gehört?"

„Nächste Woche soll's regnen", ulkte Klößchen, was ihm einen Blick eintrug, mit dem er sich hätte rasieren können — aber Barthaare wuchsen ihm noch nicht.

„Es ist tragisch und nichts für Kindsköpfe", sagte Gaby. „Ein Flugzeug ist abgestürzt."

„Und wo?" fragte Tarzan.

„Über dem Soiner Moor. Letzte Nacht."

„Donnerwetter! Dann war das meine Sternschnuppe."

„Wie bitte?"

„Ich hab' den Absturz gesehen. Zufällig."

„Wirklich?" staunte Gaby. „Warst du unterwegs, oder . . ."

„Vom Fenster aus habe ich's gesehen."

„Die Maschine sei explodiert, heißt es."

Tarzan nickte. „Und wie! Für eine Sekunde etwa war's eine riesige Feuerkugel. Hast du die Nachricht im Radio gehört?"

„Nein. Von meinem Papi. Er wurde gleich benachrichtigt."

Tarzan pfiff durch die Zähne. Karl und Klößchen blickten erstaunt. Daß Herr Glockner verständigt wurde, mußte einen besonderen Grund haben. Denn er war Kriminalkommissar.

„Viele Tote?" wollte Karl wissen.

„Nur einer", antwortete Gaby. „Vermutlich. Denn gefunden hat man seine — Überreste noch nicht."

„Nur einer? Wieso denn das? War die Maschine leer?" fragte Tarzan.

Gaby nickte. „Leer. Und außerdem nur ein kleines Flugzeug. Eine Mystère 20 — oder wie die heißt. Sie . . ."

„Das ist eine französische Maschine", fiel ihr Tarzan ins Wort. „Zweistrahlig. Für 10 Personen. Kostet etwa eine Million Dollar — jedenfalls steht's so in meinem alten technischen Jahrbuch. Unter den Privatflugzeugen ist es so ziemlich das teuerste."

„Kann ich mir denken", sagte Gaby. „Es gehörte nämlich dem Scheich Abu Yassir Khalun. Soll einer der reichsten Männer der Welt sein. Diese Mystère war auf dem Weg nach Paris. Nur der Pilot befand sich an Bord. Ein Engländer. Harry Smith heißt er. Die Maschine ist irgendwo auf arabischem Boden gestartet. Politische Feinde vom Scheich hätten eine Bombe an Bord geschmuggelt, sagt mein Papi.

Naja, und hier — zehn Kilometer von der Stadt entfernt — ist es passiert."

„Stellt euch vor", meinte Klößchen, „sie wäre über die Schule geflogen, und wir hätten das zweistrahlige, zehnsitzige Flugobjekt auf die Rübe gekriegt."

Aber niemand ging auf seine Bemerkung ein. Tarzan sah Gaby an. Ganz offensichtlich war sie mit ihrer Neuigkeit noch nicht am Ende.

„Es ist ein ganz besonderes Unglück", sagte Gaby. „In der Maschine befand sich nämlich ein Schatz. Ein richtiger Schatz aus dem Morgenland. Goldbarren und Edelsteine. Vor allem Diamanten. Alles zusammen hat einen Wert von 15 Millionen Mark. Toll, was! Es gehört dem Scheich. Er wollte es sich nach Paris bringen lassen. Jetzt liegt diese Pracht irgendwo im Soiner Moor."

„Und da wird sie auch bleiben", sagte Tarzan. „Oder wie will man in der Wildnis einen einzelnen Edelstein finden? Die Juwelen sind in alle Winde verstreut und . . ."

„Eben nicht" sagte Gaby. „Alles ist in einer Stahlkiste. In einer Art Tresor. Feuerfest und einbruchsicher. Die Kiste liegt im Moor. Und daraus — so meint Papi — scheint sich eine Katastrophe zu entwickeln. Vom Transport dieser Schatzkiste hat nämlich vor einigen Tagen was in der Zeitung gestanden."

„Klar", sagte Karl sofort. „DER SCHATZ DES SCHEICHS hieß die Überschrift. Habe ich gelesen."

„Der Absturz", fuhr Gaby fort, „wurde beobachtet. Vom Kontrollturm des Flughafens. Außerdem bestand Funkverbindung mit dem Piloten. Irgendwie hat sich das rumgesprochen. Nicht nur das Unglück, meine ich. Sondern das mit dem Schatz. Die ganze Stadt weiß es jetzt. Polizei, Feuerwehr und Technisches Hilfswerk sperren zwar die Gegend dort ab. Aber Papi sagt, angesichts des riesigen Geländes könnte man nicht verhindern, daß allerlei lichtscheues Gesindel durchschlüpft und sich im Moor rumtreibt, um auf eigene Faust zu suchen."

„Schatzsucher", meinte Karl. „Ich werd' verrückt. Sowas kann Ausmaße annehmen — wie damals der Goldrausch im Wilden Westen. Da haben wir noch gefehlt."

„Du sagst es", meinte Tarzan. „Ich jedenfalls will das alles mal aus der Nähe sehen. Nicht wegen der Schatzkiste. Aber die Typen, die da rumsuchen, die interessieren mich. Ich wette, die kriegen sich untereinander in die Haare. Also, wer kommt mit nach der Schule?"

„Eigentlich wollte ich zum Friseur", sagte Gaby und strich ihre goldblonde Mähne nach hinten. „Aber das hat Zeit bis nächste Woche. Nur die Spitzen müssen ein bißchen gekürzt werden. Den Pony kann ich mir selber schneiden. Oskar bringe ich natürlich mit."

„Ich bringe mein Fernglas mit", versprach Karl. „Vielleicht sehen wir dann mehr. Kann ja sein, wir dürfen nicht so nah ran."

„Falls ich die Schatzkiste finde", lachte Klößchen, „beteilige ich euch am Finderlohn. Außerdem veranstalte ich ein Wettessen. Freiwillig setze ich meinen Titel als Champion der Schokoladenesser aufs Spiel."

„Dazu lade ich dann ein paar Kannibalen ein", sagte Tarzan. „Die mögen auch Schokoladencreme."

„Den Witz verstehe ich nicht", meckerte Karl.

„Das liegt an deinen Träumen", sagte Tarzan. „Du träumst eben nicht so schön wie Willi. Frag' ihn mal, was er nachts so erlebt."

Doch bevor Karl fragen konnte, läutete die Glocke, und für die vier Freunde wurde es höchste Zeit, in die Klasse zu gehen.

2. Ausflug ins Moor

Mittags lastete brütende Hitze über Stadt und Land. Dösige Stille herrschte in den Straßen. Es war das richtige Wetter, um ins Schwimmbad zu gehen oder sich wenigstens im Park auf einer Wiese zu sonnen. Aber für die vier Freunde, das Abenteuer-Quatett genannt, kam das nicht in Frage.

Gleich nach dem Essen trafen sie sich am Stadtrand, dort, wo die Soiner Straße begann. Tarzan und Klößchen kamen vom Internat — natürlich auf Rädern — und waren die ersten am Treff. Im Schatten einer mächtigen Kastanie warteten sie. Während Tarzan nach lästigen Fliegen schlug, knetete Klößchen an seinem Bauch herum. Der Junge sah etwas blaß aus. Die Schokoladen-Mast lag ihm immer noch wie ein Stein hinterm Nabel.

Tarzan beobachtete, wie Wagen um Wagen die Soiner Landstraße hinunterbrauste — nach Süden, zum Moor. Natürlich waren auch Radler dabei und etliche Motorradfahrer. Wohin alle wollten, war klar. Denn die Soiner Straße endete als Sackstraße — nach etwa zehn Kilometern am Gasthaus Höllenmühle. Sonn- und feiertags war das ein beliebter Ausflugsort. Aber an einem Freitag wie heute, hatte das Gasthaus bestimmt noch nicht so viele Ausflügler gesehen.

Wahrscheinlich kehrt niemand ein, dachte Tarzan. Die parken nur ihren fahrbaren Untersatz. Und dann ab ins Moor. Auf Schatzsuche. Himmel, die juckt's aber. So eine Gier!

Dann sah er Gaby und Karl.

Sie fuhren nebeneinander. Gaby hatte — wie versprochen — Oskar mitgebracht.

Der schlappohrige Cocker war überwiegend weiß, hatte aber schwarze Flecken und auf der Nase einen braunen Punkt. Auf einem Auge war er leider blind. Aber das fiel kaum auf. Gaby hatte sich den treuen Hund aus dem Tierheim geholt.

Kaum daß er Tarzan sah, stimmte er sein Freudengeheul an und wedelte so heftig mit dem Stummelschwanz, daß der ganze Hund wackelte. In Tarzan war er nun mal vernarrt. Wie üblich dauerte die Begrüßung minutenlang.

„Die halbe Stadt ist draußen“, berichtete Gaby. „Die Polizei setzt jetzt Hubschrauber ein.“

„Nützt nichts“, meinte Tarzan. „Im Moor könnten sich Tausende verstecken.“

„Ich möchte nur wissen“, überlegte Klößchen, „ob diese Schatzsucher ehrlich sind. Wollen sie den Schatz behalten, oder sind sie auf den Finderlohn aus?“

„Fünf Prozent von 15 Millionen ist ja auch ganz nett“, sagte Karl. „Ich jedenfalls käme mit 750 000 Mark eine Weile aus.“

„Wie schnell du rechnest“, meinte Klößchen betrübt. „Einfach so im Kopf, oder hast du's zu Hause schriftlich gemacht?“

„Und das fragt einer“, Karl schüttelte den Kopf, „der allmählich in die höheren Gefilde der Mathematik aufsteigen will.“

„... soll“, sagte Klößchen. „Von Wollen kann keine Rede sein. Mein Lieblingsfach wäre Kochen. Ich bin ja nicht Tarzan, der in jeder Mathe-Arbeit 'ne Eins schreibt.“

Das mit der Eins stimmte. Mathe war neben Sport Tarzans Glanzfach. In Mathe brachte er noch bessere Noten als Karl.

„Also los!“ sagte Tarzan und schwang sich auf sein Rennrad. „Gaby, soll ich Oskar nehmen?“

Sie gab ihm die Leine, und die vier Freunde fuhren los — hintereinander, wie es auf befahrenen Straßen am sichersten ist.

Die Sonne brannte. Lauer Wind strich über die Felder. Das Getreide stand hoch. Mohnblumen leuchteten. Im hohen Blau schossen Schwalben hin und her. Dann fiel das Gelände ab. Sumpfige Wiesen begleiteten jetzt die Straße. Immer häufiger sah man Erlen und Birken, die für eine Moorlandschaft typischen Bäume.

Sie erreichten das Gasthaus Höllenmühle. Auf dem Parkplatz standen mindestens 100 Wagen. Aber in dem schattigen Biergarten unter Kastanien und Eichen saß kein einziger Gast.

Hier endete die Straße. Hinter dem Gasthaus führte ein breiter Sandweg weiter — aber nur noch ein Stück. Dort waren Polizeifahrzeuge geparkt. Ein paar Uniformierte saßen im Schatten, hatten die Mützen abgenommen und offensichtlich den Dienst gründlich satt bei diesem herrlichen Wetter.

Tarzan hielt an.

„Vertraut meinen pfadfinderischen Fähigkeiten", sagte er schmunzelnd. „Ich kenne hier Schleichwege, die wären sogar für die Moorgeister neu. Gut, daß du Jeans anhast,

Gaby. Der Weg wird ein bißchen dornig, aber er lohnt sich."

„Mit den Rädern?" fragte Karl.

„Die lassen wir hier."

Sie lehnten die Räder an eine schlanke Birke und sicherten sie mit Kabelschlössern.

Tarzan ging mit Oskar voran. Anfangs führte der Weg über eine sumpfige Wiese. Dahinter begann die scheinbar undurchdringliche Wildnis. Büsche und Sträucher aller Art wuchsen kreuz und quer, hatten sich verfilzt und eine Wand gebildet, die wie ein Verhau war.

„Sollen wir da etwa durch?" stöhnte Klößchen.

„Wart's ab."

Tarzan steuerte eine Stelle an, die von weitem noch dichter wirkte. Erst wenn man vor den Weidensträuchern stand, war der kaum schulterbreite Pfad zu erkennen: Ein Wildwechsel.

Oskar begann schon wie toll zu hecheln. Er zerrte an der

Leine, aber Tarzan ließ ihn nicht los.

Er zwängte sich in das Gestrüpp. Klößchen folgte ihm, schnaufend und schwitzend. Gaby blieb einen Moment stehen, zog eine Spange aus der Tasche und band ihre blonde Mähne zum Pferdeschwanz zusammen. Dann hastete sie den beiden nach. Aber ganz wohl war ihr nicht. Obwohl sie Tiere sehr mochte, schätzte sie die Berührung mit Spinnen nicht so sehr. Und in dem Gestrüpp hier hatten viele Kreuzspinnen ihre Netze gebaut.

Karl machte wie üblich das Schlußlicht.

Endlos schien sich der Pfad durch das Gestrüpp zu ziehen. Rechts dichtes Buschwerk, links das gleiche, über den Köpfen wabernde Hitze, Sonne und blauer Himmel, unter den Füßen dicke Mooskissen, manchmal Heidekraut und dann wieder tümpelige Lachen, in denen mooriges Wasser stand.

Nasse Füße hatten sie bald alle vier. Aber das machte keinem was aus.

„Soll das ein Moor sein?" schimpfte Klößchen. „Dagegen ist ja der Amazonas ein Feriengebiet! Gibt's hier eigentlich Schlangen?"

„Nur Kreuzottern", sagte Tarzan über die Schulter.

„Nur? Da bin ich ja beruhigt. Vor Blindschleichen hätte ich Angst", flachste er.

„Wohin führst du uns eigentlich?" fragte Gaby.

„Zum Leeren Grab. Das liegt etwas erhöht. Von dort haben wir einen tollen Rundblick übers Moor. Über einen Teil jedenfalls."

„Uih!" meinte Klößchen. „Da bin ich noch nie gewesen. Aber ich habe schon davon gehört."

Das Leere Grab hieß so, weil es tatsächlich leer war. Es handelte sich um einen nur wenige Meter hohen Hügel, um eine Anhäufung von Felsgestein. Einer dieser mächtigen Brocken war ausgehöhlt wie ein Trog. Gut einen Meter tief war die Mulde, einen halben breit und etwa zwei Meter lang. Je nach Phantasie konnte man sagen: wie eine Badewanne. Aber auch wie ein Grab. Und einmal — vor 30 Jahren — hatte die Vertiefung im Felsen tatsächlich als Grab gedient. Ein Verbrechen war der Anlaß, ein Mord. Ein Wilddieb hatte einen Jagdaufseher erschossen, den Toten in der Felsvertiefung verborgen und mit drei mächtigen Natursteinen die Öffnung verschlossen. Dennoch — schon Tage später entdeckten Polizeihunde den Leichnam. Er wurde zum Friedhof übergeführt, und auch die Ermittlungen der Polizei hatten Erfolg. Der Mörder wurde gefaßt.

Seitdem hieß die Stätte das Leere Grab. Allerlei Spukgeschichten rankten sich darum. Abergläubische Kräuterweiblein behaupteten, dort gäbe es Gespenster. Und nachts wagte sich wohl niemand dorthin.

„Vielleicht", sagte Klößchen, „ist die Schatzkiste ins leere Grab gefallen."

„Da müßte sie erst durch die Steine schlagen", sagte Tarzan. „Die liegen immer noch drauf — wie eine Grabplatte."

Endlich hatten sie das Gestrüpp überwunden. Vor ihnen tat sich die weite Moorlandschaft auf. Moose und Heidekraut bedeckten den Boden. Gruppen von Erlen und Birken wuchsen überall. Dazwischen verstellten Gestrüppinseln den Blick. Auch einige Baumriesen hatten sich erhalten — dort, wo der Boden nicht so sumpfig, sondern fester war.

Das Soiner Moor gehörte zu den Hochmooren. In der Ferne wuchsen Berge empor. Zwischen ihnen und dem Moor bildete Tannenwald einen blauschwarzen Gürtel.

„Diese verdammten Mücken!" fluchte Klößchen und schlug um sich. Er rannte ein paar Schritte. Aber der Schwarm folgte ihm. Von jetzt an hörten die andern regelmäßiges Klatschen — wenn Klößchen sich seiner Haut wehrte.

„Da sind wir", meinte Tarzan. „Sie sehen, meine Herrschaften, das Leere Grab. Die bekannte Spukstätte des

Soiner Moors."

„Wie ein Mückenstich in der Landschaft", meinte Klößchen und ächzte die winzige Erhebung hinauf. Vier Schritte reichten. Dann ließ er sich auf dem länglichen Felsbrocken nieder.

Gaby blieb davor stehen.

„Sieht aus wie ein Sarkophag *(Steinsarg)*", flüsterte sie ehrfurchtsvoll. „Und ... das war er ja auch. Unfreiwillig, sozusagen. In Grüften, wo Kaiser und Könige ihre letzte Ruhe haben, bin ich schon ein paarmal gewesen. Die Sarkophage dort sind natürlich von Steinbildhauern reich verziert. Aber die Form ist die gleiche wie bei diesem Fels hier."

Tarzan deutete zu dem Gedenkkreuz. Es war aus Schmiedeeisen und stand etwas hinter dem Leeren Grab, im Schatten eines Busches.

„Ich find's toll hier", sagte Karl. Er holte ein Päckchen Kaugummi aus der Tasche und bot reihum an.

Tarzan hatte die Daumen in den geflochtenen Ledergürtel seiner Jeans gehakt. Nachdenklich blickte er auf die drei länglichen Steine, mit denen die Öffnung des Leeren Grabes verschlossen war. Es handelte sich um große flache Steine, fast wie Platten. Sie waren etwa einen Meter lang, einen halben breit und unregelmäßig geformt.

„Man könnte glauben", sagte er halblaut, „hier spukt es wirklich."

„Wieso?" fragte Karl.

„Vielleicht bilde ich's mir nur ein. Trotzdem — ich möchte fast wetten: Jedesmal, wenn ich hierher komme, liegen die drei Steinplatten anders."

„Einbildung", stellte Karl fest. „Gespenster gibt's nicht. Und Wind und Sturm rücken an den Dingern bestimmt nicht. Da ist doch einer mindestens zentnerschwer."

Tarzan sagte nichts, zuckte aber die Achseln.

„Wie oft bist du denn hier?" fragte Gaby.

„So oft nun auch wieder nicht", antwortete er lächelnd. „Hast schon recht. Jedesmal liegen Wochen dazwischen. Und da kann man sich natürlich täuschen."

„He, wo ist Oskar?" fuhr Klößchen auf.

Tarzan, der die Leine noch in der Hand hielt, blickte hinter sich.

Das Halsband war leer, Oskar herausgeschlüpft.

„Um Himmels willen, wenn der wildert!" Gaby kriegte vor Entsetzen große Augen.

Im selben Moment sah Tarzan den Cocker. Schlau und mucksmäuschenstill hatte er sich davongeschlichen. Jetzt war er gut 200 Meter entfernt und rannte, die Nase tief am Boden, auf eine ferne Baumgruppe zu.

„Bleibt hier!" sagte Tarzan hastig. „Ihr kennt euch nicht aus. Den Strolch habe ich gleich."

Wie von der Sehne geschnellt, sauste er den Hügel hinab.

Während er sich die Leine um die Hand wickelte, sprang er über den holprigen Boden, der voller Hindernisse war. Schon im Schneckentempo war es nicht einfach, hier voranzukommen. Aber Tarzans Hindernislauf schlug alle Rekorde. Er sprang über Tümpel, wich im Zickzack Torf, Aufschüttungen, Gräben, Felsbrocken und tiefen Sumpflöchern aus, hechtete über Gestrüpp und riß sich aus dornigen Fußangeln los. Dornen rissen Löcher in seine Jeans. Einmal wäre beinahe sein linker Turnschuh im Sumpf steckengeblieben. Es ging gerade noch gut.

„Oskar! Hierher!"

Aber Oskar dachte nicht daran. Er hatte eine Fährte. Sein Jagdinstinkt brach durch.

Hoch über Tarzan schnatterte ein Hubschrauber.

Wahrscheinlich beobachteten Polizisten die Jagd.

Oskar verschwand in der Baumgruppe. Die höchsten Erlen und Birken standen dort — geradezu Riesen.

Tarzan setzte zum Spurt an. Jetzt hatte er Schweiß auf der Stirn. Offenbar lockte das die Mücken an. Sie umtanzten ihn. Aufdringlich wie bettelnde Sektenanhänger ließen sie sich nicht verscheuchen.

Oskar bellte. Heiser zwar, aber nicht so aufgeregt, als würde er ein Wild stellen. Was hatte er? Das Bellen entfernte sich nicht, blieb am selben Fleck.

Keuchend erreichte Tarzan die Baumgruppe.

Unter dem dichten Blätterdach kühlte der Schatten. Es duftete nicht nach Torf oder Moor, sondern nach Blüten.

An drei, vier Bäumen lief Tarzan vorbei. Dann sah er Oskar.

An einer Birke, die so dick war wie der Oberschenkel eines Schwerathleten, hatte der Cocker sich aufgerichtet.

Die Vorderpfoten stemmte er gegen den Stamm. Die Nase war steil aufgerichtet. Er äugte und schnupperte am Baum empor und wedelte so heftig, als hinge dort ein Festtagsbraten.

„Oskar, du Strolch! Hast du ein Eichkätzchen gejagt?"

Rasch legte Tarzan ihm das Halsband an, diesmal um ein Loch enger geschnallt, damit er nicht wieder herausschlüpfen konnte.

Dann erst blickte Tarzan in das Blätterkleid der Birke.

Eisiger Schreck durchfuhr ihn.

Etwa drei Meter über ihm hing etwas am Stamm.

Tarzans erster Gedanke war: Das ist der Pilot. Die Leiche des Piloten.

Aber dann hatten sich seine Augen an das Spiel des Sonnenlichts zwischen den Blättern und Zweigen gewöhnt. Er erkannte, was es war: Ein Reh.

Tarzan blinzelte, strich sich über die Augen, sah abermals hinauf.

Kein Irrtum. Dort hing ein Reh. Es war tot, der Blick der Bambi-Augen gebrochen. Mit dem Kopf hing es nach unten. Bizarr ragten die Vorderläufe in die Zweige.

Tarzan bewegte sich etwas zur Seite. Jetzt konnte er mehr erkennen.

Mit einem festen Strick waren die Hinterläufe zusammengebunden. Der Strick schlang sich mehrfach um den Stamm. Und auf der einen Seite des Tieres, links, war das Fell blutig.

Für einen Moment fühlte Tarzan sich wie vor den Kopf geschlagen.

Oskar bellte, hechelte und wäre am liebsten den Stamm hochgeklettert.

„Ruhig, Oskar! Das ist nichts für dich!"

Tarzan überlegte: Was hatte das zu bedeuten?

Es gab nur eine Erklärung: Wilderei.

Ein Wilddieb hatte das Reh geschossen — es war eine Ricke, ein weibliches Tier —, aber keine Möglichkeit gehabt, die Beute wegzubringen. Also ließ er sie hier. Und um sie vor Füchsen und wildernden Hunden zu schützen, hatte er sie in den Baum gehängt. Heute nacht würde der Wilddieb

sicherlich herkommen, um die Beute zu holen.

„Oskar“, sagte Tarzan, „du kriegst einen Orden. Nein, lieber einen Hundekuchen. Da hast du eine tolle Entdeckung gemacht.“

3. Der wütende Grünrock

Für den Rückweg ließ Tarzan sich Zeit. Mit einer Hand führte er Oskar an der Leine. Die andere brauchte er, um Mücken abzuwehren.

Als er sich dem Leeren Grab näherte, traute er seinen Augen nicht.

Die drei waren nicht mehr allein. Ein Jäger oder Jagdaufseher, oder was auch immer er sein mochte, stand bei ihnen: in grüner Jagdkleidung, mit Hut und Gewehr.

Aber irgendwas stimmte nicht.

Tarzans Freunde hatten die Köpfe gesenkt, während der Jäger wild gestikulierte und immer wieder seine Waffe in die Luft stieß.

Was ist denn da los? dachte Tarzan. Und dann: Trifft sich ja toll! Der wird staunen, was ich ihm zu erzählen habe.

Im Näherkommen hörte er die Stimme des Grünrocks.

„. . . genau gesehen! Also lügt nicht, ihr verlogenes Pack! Und wenn ich den Köter erwische, erschieße ich ihn. So wahr ich hier stehe!"

Der meint doch nicht etwa Oskar, überlegte Tarzan. Vorsichtshalber nahm er ihn ganz kurz an die Leine.

Gaby hatte den Kopf gehoben, sah Tarzan und versuchte, unauffällig Zeichen zu geben. Es bedeutete, Tarzan solle sich mit Oskar verziehen. Aber der Jäger bemerkte es und drehte sich um.

„Da ist ja der Köter!" schrie er und riß sein Gewehr hoch.

Tarzan war auf etwa zehn Schritte heran. Rasch bückte er sich und nahm Oskar auf den Arm.

„Meinen Sie unseren Oskar?" fragte Tarzan.

„Wen denn sonst!" schrie der Jäger. „Oder siehst du hier noch einen Hund?"

Aufmerksam betrachtete Tarzan den Mann.

Jäger von Beruf war der nicht. Eher der Pächter dieser Jagd — und sonst vielleicht Zahnarzt, Fabrikant, Möbelhändler oder Taxiunternehmer. Er mochte Mitte Fünfzig sein und war fett wie eine Raupe. Bei der Hitze machte ihm das natürlich zu schaffen, und er schwitzte noch viel stärker als Klößchen. Sein teigiges Gesicht war jetzt hochrot. Semmelblondes Haar mit viel Grau drin kroch unter dem Hut hervor. Mit stechenden, wasserhellen Augen starrte der Mann in die Welt.

„Laß ihn runter!" rief er. „Der wird erschossen. Seit Wochen wildert der Köter in meinem Revier. Reißt Kitze, Hasen und Rebhühner. Zigmal schon habe ich ihn gesehen. Genau sogar. Aber ich kam nicht zum Schuß. Jetzt ist er dran. Ich erkenne ihn genau. Ich muß mein Wild schützen."

„Klar müssen Sie das", sagte Tarzan ruhig. „Aber unseren armen Oskar überschätzen Sie maßlos. Der ist heute zum ersten Mal hier. Und wenn ihm eine streitlustige Maus begegnet, zieht er den Schwanz ein. Gewildert hat er noch nie."

„Lüg' nicht, verdammter Bengel! Ich erkenne ihn wieder."

„Das ist unmöglich, Herr Forstrat. Entweder Oskar hat einen Doppelgänger! Oder Sie brauchen eine Brille!"

Das Gesicht des Dicken färbte sich nocht röter — burgunderrot.

„Du Mistkerl!" schrie er. „Ihr seid organisierte Wilddiebe. Eben habe ich euch durchs Glas beobachtet. Der Köter hat Wild gehetzt. Und du bist ihm nachgelaufen — weil du mich bemerkt hast."

Tarzan schüttelte den Kopf. „Ganz falsch, Herr Oberforstrat! Bemerkt haben wir Sie nicht. Vermutlich schleichen Sie wie ein Indianer. Außerdem sind Sie so grün wie die Bäume. Und Oskar hat nicht gewildert. Er ist vielmehr darauf abgerichtet, Verlorenes aufzuspüren. Dort hinten unter den Bäumen habe ich gestern mein Taschenmesser verloren. Eben hat Oskar es gefunden. Wollen Sie's sehen, Herr Forstpräsident?"

„Werd' nicht noch frech, Lümmel! Für dich bin ich Herr Gröbl. Laß' den Hund jetzt runter! Ich sage es zum letzten Mal."

Bevor Tarzan antworten konnte, trat Gaby vor.

„Sie glauben doch nicht im Ernst, Herr Gröbl", rief sie mit zitternden Stimme, „daß Sie meinen Hund erschießen können. Wegen nichts. Wegen eines Irrtums! Wenn Sie auf Oskar anlegen, stelle ich mich davor. Dann müssen Sie auch mich erschießen."

Tarzan war rasch nähergegangen.

Jetzt stand er bei der Gruppe.

Gröbl hielt sein Gewehr in beiden Händen. Aber die

Mündung war zu Boden gerichtet.

„Keine Sorge, Gaby!" Tarzan setzte Oskar auf den Boden, klemmte ihn aber zwischen seinen Unterschenkeln fest. „Herr Gröbl wird auf nichts und niemanden schießen. Und machen Sie jetzt nicht den Fehler, Herr Gröbl, Ihre Waffe zu heben. In dem Moment würde ich mich bedroht fühlen, und ich bin der beste Judokämpfer meines Jahrgangs. Es ginge schlecht für Sie aus. Daß es Notwehr ist, dafür hätte ich drei Zeugen."

Gröbl starte ihn an. Seine Augen glänzten wie Wasser, und sein Atem war eine einzige Schnapsfahne; Tarzan wurde fast schlecht davon.

Gröbl zauderte. Seine Hände krampften sich um das Jagdgewehr, daß die Knöchel weiß wurden.

Er und Tarzan waren gleich groß. Aber Tarzan wirkte älter als 13 und war ein muskulöser Athlet, den man lieber nicht herausfordert.

„Im übrigen" sagte Tarzan, „glaube ich nicht, daß Sie die Wahrheit sagen, Herr Gröbl. Ein Schäferhund, ein Dobermann, eine Dogge — die wären sicherlich imstande, hier im Revier so ein Blutbad anzurichten, wie sie behaupten. Aber ein Cocker Spaniel wird — selbst wenn er völlig verwildert — nicht zum reißenden Wolf. Er ist zwar ein Jagdhund, ein Stöberhund, aber keine Bestie. Sie als Jäger sollten darüber wenigstens ein bißchen Bescheid wissen."

Die Röte verschwand aus Gröbls Gesicht. Es wurde bleich, dann fahl. Schweiß tropfte ihm von der Nase auf die Oberlippe. Er leckte danach.

„Euch kriege ich noch", stieß er durch die Zähne.

Wieder wurde Tarzan in eine Schapswolke eingehüllt.

„Und euren verdammten Köter auch."

Vorsichtig, um Tarzan nicht herauszufordern, schulterte er sein Gewehr. Er wandte sich ab und zog eine flache Schnapsflasche aus der Rocktasche.

Im Gehen nahm er einen kräftigen Zug. Dabei

verschluckte er sich, hustete krächzend und stolperte über einen Büschel Heidekraut. Um ein Haar wäre er auf seinen dicken Bauch geplumpst. Es sah lächerlich aus. Gröbls Abgang war nicht besonders.

Schweigend sahen die Kinder ihm nach. Mit torkelndem Schritt entfernte er sich. Dann war er hinter einer Gruppe junger Birken verschwunden.

Gaby setzte sich auf das Leere Grab. Mit ihrer Fassung war es jetzt vorbei. Hemmunglos weinend, schlug sie die Hände vors Gesicht.

„Dieser gemeine Kerl!" schluchzte sie. „So eine Gemeinheit! Der erschießt Oskar, wenn er ihn irgendwo sieht. So ein Tiermörder! Einsperren sollte man ihn. Schlimm genug, daß er Hirsche und Rehe umbringt. Wenn er Oskar . . ."

„Er wird Oskar nichts tun", sagte Tarzan. Er trat neben sie und tätschelte beruhigend ihre Schulter. „Kann er ja gar nicht."

„Kann er doch."

„Bestimmt nicht, Gaby. Ich paß doch auf Oskar auf."

„Aber du bist nicht immer da."

„Oskar ist auch nicht immer hier. Und woanders . . ."

„Nie wieder nehme ich ihn mit, wenn wir hierhergehen."

Allmählich beruhigte sie sich. Die goldblonden Ponyfransen hingen ihr in die verweinten Augen. Aber sie konnte schon wieder lächeln, als Tarzan die Backen aufblies und sich wie der dicke Gröbl hinstellte.

Als Gaby sich schneuzen wollte, suchte sie ihr Taschentuch vergeblich.

„Verloren. Wahrscheinlich auf dem Wildwechsel", schnüffelte sie. „Mit hatte ich's. Das weiß ich bestimmt."

„Meins ist noch halbwegs sauber", sagte Tarzan. „Aber einen Fetzen brauche ich auch." Er riß es in der Mitte durch und gab ihr eine Hälfte. „Mit dir, Pfote, teile ich das letzte Hemd und das letzte Taschentuch", lachte er.

„So ein Saftsack", meinte Klößchen. „Aber ich glaube, von dem habe ich schon mal gehört. Mein Vater hat mal den Namen Gröbl erwähnt. Wenn's der ist, den ich meine, hat er ein Geschäft für Waffen und Jagdzubehör."

„Das wird er sein", sagte Karl. „An seiner Aufmachung stimmte alles. Ich wette, er trägt auch grüne Unterwäsche; und wenn er Blasen an seinen Plattfüßen hat, nimmt er nicht Salbe, sondern Hirschtalg. I gitt! Und sowas hat den Jagdschein und wird aufs Wild losgelassen. Da kann man nur hoffen, daß er meistens betrunken ist und Löcher in die Luft ballert."

„Wer weiß, wen er dabei anschießt", meinte Klößchen. „Wenn der an einer Treibjagd teilnimmt, möchte ich kein Treiber sein." Er stieß Tarzan an. „He, was überlegst du?"

Ein schwaches Lächeln glitt über Tarzans Gesicht. „Ich überlege, wem ich's jetzt sage."

„Was denn?"

„Das mit dem Reh!"

„Reh? Ich verstehe Bahnhof."

„Dir, Willi, kann ich's schon gar nicht sagen. Sonst läuft dir das Wasser im Mund zusammen, und du frißt es roh. Klar, ich sag's gar keinem. Und daß Gröbl nichts erfährt, hat er sich selbst zuzuschreiben. Dieser komische Weidmann."

„Unser Tarzan spricht in Rätseln", sagte Klößchen.

Karl hatte seinen Feldstecher vor die Augen genommen. Er sah zu dem Hubschrauber hinauf, der immer noch in großer Höhe über dem Moor kurvte. Dann senkte er das Glas und blickte in die Runde.

„Dort hinten krebst wer rum", meinte er. „Dort auch. Und dort. Donnerwetter! Überall, so weit ich sehe. Allerdings mehr in Richtung Schwarzer Berg. Wahrscheinlich ist dort die Absturzstelle. Mann, in jedem Busch sitzt einer. Alles Schatzsucher, was? Da muß irgenwo ein Nest sein."

„Vielleicht interessierst du dich bald mal für Tarzans Reh", sagte Klößchen ergrimmt.

„Wie? Ach so. Ja, was ist denn damit?" Karl ließ das Fernglas sinken.

„Ich bin einem Wilddieb auf der Spur", sagte Tarzan. Dann erzählte er.

Atemlos hörten die drei zu. Sogar Oskar stellte sein Hecheln ein und blickte zu Tarzan auf, als verstünde er jedes Wort.

„Mann! Das haut hin und zurück", ereiferte sich Klößchen, nachdem Tarzan alles erzählt hatte.

„Und ist der Gipfel der Gemeinheit", sagte Karl, der Computer. „Weil Rehe jetzt Schonzeit haben. Rehe und Rehkitze dürfen von Februar bis einschließlich August nicht gejagt werden. Böcke haben Schonzeit von Mitte Oktober bis Mitte Mai. Ich weiß es auch von Hasen, Dachsen, Rebhühnern, Fasanen, Ringeltauben und Waldschnepfen. Nämlich ..."

„Bitte, jetzt nicht!" stoppte Gaby ihn. „Wir alle wissen, wie vorzüglich dein Computergehirn funktioniert. Aber wir stehen vor einem Problem. Fällt dir *dazu* was ein?"

Karl nahm seine Nickelbrille ab und begann, die Gläser zu polieren. Bei Aufregung gehört das zu seinen Angewohnheiten.

„Problem?"

Gaby nickte. „Ich finde, Tarzan hat sich richtig verhalten. Außerdem: In die Verantwortung meines Papis fällt Wilddieberei nicht. Er hat auch genug um die Ohren, deshalb erzähle ich's ihm lieber gar nicht. Trotzdem — gegen so einen gemeinen Wilddieb, der den Rehkitzen in der Schonzeit das Muttertier wegschießt — gegen so einen muß was getan werden."

Tarzan lachte. „Etwas tun? Vergeßt nicht: Das ist unsere Spezialität. Wer tut also was: Wir! Und wie? Indem wir den Wilddieb entlarven. Das heißt: Vor Einbruch der Dunkelheit werden wir abermals hier sein, uns verstecken, den Kerl beobachten, ihm nachschleichen und — sobald wir wissen, wer's ist — die Polizei verständigen. Die überrascht ihn dann, wenn er zu Hause das Reh zerlegt. Wenn uns das gelingt, können wir stolz darauf sein. Und eine Belohnung gibt's obendrein. Allerdings", wandte er sich an Gaby, „du, Pfote, kommst auf keinen Fall mit. Wilddiebe sind bewaffnet. Vor 30 Jahren ist hier schon mal was passiert. Du sitzt ja gerade auf dem damaligen Grab des armen Opfers. Und der Mann war bestimmt viel netter als Gröbl."

Gaby zog schaudernd die Schultern hoch und gleichzeitig eine Schnute. „Ich käme aber gern mit."

„Zu gefährlich! Bitte, sei vernünftig."

„Vernunft ist langweilig."

„Na gut, dann bleibst du eben unvernüftiger Weise zu Hause. Im übrigen: Es ginge auch gar nicht. Wie wolltest du denn weg? Deine Eltern ließen das nicht zu. Karl kann ausbüxen. Für Willi und mich besteht diesmal überhaupt kein Problem. Ich brauche nicht mal wie sonst durchs Fenster zu türmen. Heute ist Freitag. Morgen beginnt das Urlaubswochenende. Willi ist schon ab heute abend bei seinen Eltern zu Hause. Mich hat er eingeladen; ich darf offiziell mit. Wir verletzen also nicht mal eine Schulvorschrift, wenn wir uns mit Einbruch der Dämmerung in Richtung Soiner Moor auf die Socken machen. Willis Eltern merken sowieso nichts. Sie sind heute abend bei Bekannten auf 'ner Party. Und damit ist alles geritzt."

Was Tarzan sagte, traf zu.

Und als besonders günstig fügte sich jetzt, daß Klößchens Elternhaus nicht weit weg war, sondern hier in der Stadt. Die Villa der Sauerlichs stand im vornehmsten Viertel. So oft Klößchen wollte, konnte er seine Eltern besuchen. Und natürlich tat er das auch. Denn er verstand sich sehr gut mit ihnen. Daß er trotzdem im Internat wohnte, hatte einen anderen Grund: Zuhause langweilte er sich. Aber im Internat war — wie er sich ausdrückte — immer was los. Für Klößchens Vater, den Schokoladenfabrikanten und

Multimillionär, bedeutete es einen Klacks, das teuere Schulgeld zu bezahlen.

„Wir Mädchen", sagte Gaby schmollend, „sind eben immer benachteiligt." Aus ihren großen blauen Augen sah sie Tarzan an. „Bestimmt kann ich vor Sorge um euch die ganze Nacht nicht schlafen."

Während sie das sagte, sah sie Tarzan unverwandt an. Ebenso gut hätte sie sagen können: „... vor Sorge um dich ..." Natürlich schloß das nicht aus, daß sie sich auch um Karl und Willi sorgen würde. Aber für Tarzan empfand sie eben eine ganz besondere Zuneigung.

Tarzan spürte, wie er rot wurde.

Rasch bückte er sich, um Oskars Halsband zu lockern. „Daß du mir aber nicht wieder abhaust! Kapiert!"

Oskar wedelte freundlich. Offenbar hatte er kapiert.

„Wir kriegen Besuch" sagte Karl.

„Wie? Gröbl etwa?" Tarzan richtete sich auf.

„Nee. Der dort!" Karl deutete in die Richtung, in der sie die Absturzstelle vermuteten.

Und tatsächlich: Von dort eilte jemand heran. Eine Gestalt, die man so rasch nicht vergißt.

4. Station im Gasthaus Höllenmühle

Der Mann war fast zwei Meter groß. Aber mehr als 70 Kilo wog er bestimmt nicht. Alles an ihm schlotterte: Der viel zu kurze Regenmantel, dessen Risse und Löcher mit Klebestreifen ausgebessert waren; die Hose, die nur bis zur Hälfte der Waden reichte; das ehemals weiße, jetzt aber dreckgraue Smokinghemd — wo auch immer er das geklaut haben mochte — und der nagelneue, cremefarbene Hut. Wie ein schicker Borsalino sah der aus und war — garantiert — geklaut.

Im Laufschritt kam der Mann näher. Ein struppiger Bart hing aus seinem hageren Maulesel-Gesicht; und die Augäpfel rollten wie wild.

Sieht aus, als wäre eine Vogelscheuche lebendig geworden, dachte Tarzan.

„Ist das nicht Max Stulla?" fragte Klößchen.

„Klar", sagte Karl. „Wer denn sonst!"

Max Stulla gehörte zur Stadt — beinahe schon wie ein Wahrzeichen. Er war ein Penner, ein Vagabund, ein Stadtstreicher — ein Mensch ohne festen Wohnsitz, ohne Arbeit, Angehörige und Geld. Vom Betteln lebte er und, wie er behauptete, von Gelegenheitsarbeiten. Freilich — das glaubte niemand. Denn niemand hatte ihn jemals arbeiten gesehen. Angeblich war er ein gebürtiger Russe und nach dem Zweiten Weltkrieg hier geblieben. Aber er sprach so gut Deutsch wie ein Deutscher, und der Name Max Stulla deutete auch nicht gerade auf russische Herkunft hin.

„Will der uns verkloppen?" fragte Karl.

Ganz so sah es aus. Denn Stulla schwang einen dicken Knüppel, und das Maulesel-Gesicht wirkte wütend.

„Schert euch weg!" schrie er, keuchend und am Ende mit seinem Atem. „Weg hier! Das ist mein Bezirk."

Er war so ausgepumpt, daß er kaum noch zum Grab hinauf konnte.

„Was ist los?“ fragte Tarzan.

„Haut ab! Ihr habt hier nichts zu suchen. Das ist mein Bezirk. Ist sowieso schon . . .“, er holte tief Luft, weil sein Atem nicht reichte,“ . . . ist sowieso schon der schlechteste Bezirk. Ist . . . zu weit weg.“

„Ich verstehe kein Wort", sagte Tarzan. „Im übrigen bleiben wir so lange hier, wie wir wollen. Das Soiner Moor ist nämlich kein Privatbesitz, schon gar nicht *Ihr* Bezirk und daher für jeden zugänglich, Herr Stulla."

„Jetzt nicht mehr. Das Moor ist aufgeteilt."

„Wie bitte?"

Stulla stützte sich auf seinen Knüppel. Mit dem Ärmel des Regenmantels wischte er sich übers Gesicht. Er galt sonst als gutmütig, jedenfalls nicht als kriminell oder gefährlich. Aber heute war irgendwas in ihn gefahren.

„Das Moor ist aufgeteilt. Wißt ihr das nicht? Wegen des Flugzeugs! Ich meine, wegen des Schatzes. Überall kann die Kiste liegen. Gefunden hat sie noch niemand. Auch den Piloten hat man noch nicht gefunden. Mit . . . mit . . . den andern habe ich mich geeinigt. Ab der Buche dort hinten ist es mein Bezirk. Hier darf ich suchen. Und sonst niemand."

„Ach, du meine Güte!" sagte Tarzan. „So einen Blödsinn habe ich schon lange nicht gehört. Wer sind denn die anderen? Der Oberbürgermeister und der Polizeipräsident? Oder Ihre Freunde aus dem Obdachlosen-Asyl? Die Schatzkiste interessiert uns nicht, Herr Stulla. Niemand nimmt Ihnen was weg."

„Das sagt ihr nur. Ihr seid scharf auf den Schatz!"

Nicht zu glauben! dachte Tarzan. Sowas macht aus Menschen Hyänen. Nur daß es nicht um Aas geht, sondern um Gold.

„Sind wir nicht", erwiderte er. „Und wenn wir's wären, könnten Sie's auch nicht verhindern. Wir blieben trotzdem, solange wie wir wollen."

Stulla sah aus seiner Zwei-Meter-Höhe auf die Kinder hinab. Aber seine Größe imponierte niemandem. Auch eine Giraffe ist größer als ein Löwe, doch im Ernstfall nützt ihr das nichts.

„Hallo!" sagte Klößchen. „Wie ist eigentlich die Luft da

oben? Hier unten ist sie voller Mücken."

Stulla verzog das Gesicht. Es sah aus, als weinte er gleich. Dann stampfte er mit dem Fuß auf. Danach stand er nur noch da, starrte ins Heidekraut und atmete wie ein Blasebalg.

Es war ein jammervoller Anblick. Plötzlich hatte Tarzan Mitleid mit ihm.

„Kommt! Wir gehen", sagte er seufzend zu seinen Freunden. „Was sollen wir noch hier?"

Alle nickten, und sie machten sich auf den Rückweg.

Stulla dankte es ihnen, indem er hinterher rief: „Laßt euch hier nicht wieder blicken! Das ist mein Bezirk!"

„Ich glaube, der tickt nicht richtig", meinte Karl. „Und Verrückten soll man aus dem Weg gehen. Ihre Krankheit ist ansteckend."

„Ob er wohl der Wilddieb ist?" fragte Gaby.

Auf die Idee war noch keiner gekommen.

Tarzan schüttelte den Kopf. „Dann schon eher unser Religionslehrer."

Alle lachten. Denn Herr Schulte, der ihnen Religion unterrichtete, war der harmloseste Mensch, den sie sich vorstellen konnten. Keiner Fliege tat der was — geschweige denn einem Reh.

„Durst habe ich!" stöhnte Klößchen, während sie dem Wildwechsel folgten. „Himmel, habe ich einen Durst. Wollen wir nicht zur Höllenmühle? Und 'ne Limonade trinken?"

Der Vorschlag fand Zustimmung. Eine Weile später marschierten die vier Freunde in den schattigen Biergarten.

Vorhin war kein Gast dagewesen. Aber inzwischen hatte sich jemand eingefunden: Ein derb aussehender Mann in Gummistiefeln und grünem Overall. Er hatte die Ärmel hochgerollt und zeigte muskulöse, dicht behaarte Arme. Das Gesicht lag im Schatten einer Schildmütze, wirkte braungebrannt und verwittert wie altes Leder. Neben sich hatte er einen offenen Rucksack, der mit Pflanzen vollgestopft war. Aber wie Karnickelfutter sah das nicht aus. Der Mann trank Bier. Und eben wurde ihm das nächste serviert — von Lisa Moll.

Die vier Freunde kannten Lisa. Sie war zwar schon 16 oder 17, hatte aber eine Zeitlang die selbe Schule besucht. Sie war bis zur 11. Klasse gekommen und eine gute Schülerin gewesen. Aber mit dem plötzlichen Tod ihres Vaters schwand jede Aussicht, mal das Abitur zu machen und zu studieren. Lisas Mutter war krank. Der Vater hatte keinen Besitz hinterlassen, und weil Lisas jüngere Geschwister — vier insgesamt — nicht in Not geraten sollten, verschob das Mädchen seine Berufsausbildung auf unbestimmte Zeit; sie arbeitete seit einem Jahr als Serviererin in verschiedenen Lokalen. Weil man — wie sie den vier Freunden mal erzählt hatte — dabei sehr gut verdiente. Freilich, von Dauer sollte das nicht sein. Lisa wollte Kinderkrankenschwester werden.

„Bitte sehr, Herr Funke", sagte sie und stellte dem Mann mit dem Ledergesicht das Bier hin.

„Danke, mein Schatz!" sagte Funke mit heiserer Stimme. Gleichzeitig beugte er sich vor und versuchte, Lisa in den Po zu kneifen.

Aber das Mädchen wich aus. Beinahe wäre dabei das Bier umgekippt. Ohne den Mann noch eines Blickes zu würdigen, kam sie an den Tisch, an den sich die vier Freunde gesetzt hatten.

„Grüß' euch!" lächelte sie. Leise sagte sie: „Ein widerlicher Kerl, dieser Funke. Jedesmal belästigt er mich. Ich wünschte, er käme nicht dauernd. Aber Tag für Tag ist er hier. Sammelt Kräuter im Moor. Kräuter für Tees und so. Für Gesundheitstees. Selbst trinkt er die bestimmt nicht. Für ihn gibt's nur Bier."

„Er sieht schon so mies aus", erwiderte Tarzan ebenso

leise. „Tritt ihn doch vors Schienbein, wenn er dich belästigt."

„Dann bin ich meinen Job los", seufzte Lisa.

Sie sah nett aus, war aber etwas pummelig, hatte braune Kulleraugen und rotblondes Haar. Es war am Hinterkopf zu einem lustigen Nest zusammengedreht.

„Und", fragte sie laut, „was darf ich den verehrten Herrschaften bringen?"

„Champagner für mich", sagte Klößchen, „aber mindestens eine Kiste. Die andern trinken Wasser."

„In Ordnung. Also vier Cola. Stimmt's?"

Während sie das Bestellte holte, meinte Karl: „Von der Absturzstelle haben wir ja nun nicht viel gesehen. Nischt, würde ich sagen. Kein Fitzelchen Blech, kein Stück Triebwerk, nicht einen Glassplitter. Aber falls ich mich richtig erinnere, kamen wir deswegen her."

„Durch die Absperrung wären wir doch nicht durchgekommen", sagte Klößchen. „Außerdem haben wir uns vertan. Die Absturzstelle ist viel zu weit vom Leeren Grab entfernt. Da hat auch dein Feldstecher nichts genützt."

„Wir haben Oskar vergessen", sagte Gaby. „Er hat mehr Durst als wir."

„Wird gemacht", sagte Tarzan. Er nahm einen der Aschenbecher vom Tisch, stand auf und ging Lisa entgegen, die eben die Limonaden brachte. „Ein bißchen Wasser für Oskar", meinte er, „ich hol's aus der Toilette."

„Ist genauso frisch wie das aus der Küche", erwiderte sie lachend.

In der Herrentoilette spülte Tarzan den Aschenbecher unter dem Wasserhahn sauber. Gefüllt trug er ihn hinaus. An der Tür traf er auf den Kräutersammler Funke. Um ein Haar hätte Funke ihn gerempelt. Tarzan konnte gerade noch ausweichen, ohne das Wasser zu verschütten.

Kein Wort der Entschuldigung oder des Bedauerns, Funke ging einfach weiter. An seinem Gürtel, den er über dem

Overall trug, klirrte etwas: Ein Schlüsselanhänger in Form einer schweren Silbermünze. Am kurzen Kettchen hingen zwei Schlüssel.

Schweifwedelnd wurde Tarzan von Oskar begrüßt. Dann soff der Cocker, als hätte er seit Tagen keinen Tropfen gekriegt.

Als die Kinder später ihre Limonaden bezahlen wollten und nach Lisa riefen, kam der Wirt der Höllenmühle persönlich.

„Lisa kann aus der Küche nicht weg", sagte er und ließ sich das Geld geben.

Er war ein großer, schwerer Mann mit einem Bauch wie ein Faß. Tränensäcke hingen ihm fast auf die Wangen. Er

hatte etwas geschlitzte Augen und blaue Bartschatten. Sympathisch war er nicht. Tarzan wußte, daß er Keipner hieß.

„Die Absturzstelle haben wir nicht gesehen", sagte Klößchen, als sie dann heimwärts radelten, „den Schatz haben wir nicht gefunden; aber ich habe wenigstens vier Mückenstiche abgekriegt. War doch ein schöner Ausflug, was?"

„Für dich schon", meinte Karl lachend. „Aber was sollen wir sagen? Keinen Stich, keine Schramme. Geht's deinem Schokoladenbauch besser?"

„Dem ging's nie schlecht. Und er freut sich schon auf die nächsten Tafeln. Aber erst kriegen Tarzan und ich bei meiner Mutter Diät. Ihr wißt ja, wie sie die Menüs zusammenstellt: Brennesselsuppe, gedünstetes Gemüse und anschließend Rhabarberkompott. Naja, wir halten uns woanders schadlos."

Die Jungs brachten Gaby nach Hause, verabredeten sich dann für sieben Uhr abends und vereinbarten, dunkle Sachen anzuziehen, die bei Nacht nicht auffielen.

Tarzan und Klößchen radelten zum Internat zurück und packten ein, was sie zum Wochenende brauchten. Ordnungsgemäß meldeten sie sich beim Erzieher vom Dienst ab. Dann fuhren sie zur Eichenallee, wo Willi zu Hause war.

Die Sauerlichs besaßen eine riesige Villa in einem parkgroßen Grundstück. Ein Zwölfzylinder-Jaguar gehörte zum Besitz. Und Georg, der gutmütige Chauffeur, war — nach Tarzan — Klößchens bester Freund.

Frau Sauerlich, Klößchens Mutter, empfing die beiden herzlich. Sie war für eine Frau recht groß, aber — im Gegensatz zu ihrem Sohn — grazil, sprach mit hoher Stimme und verschluckte nie einen Endbuchstaben oder gar eine Silbe. In ihr blondes Haar waren blaue Tupfer gefärbt, was ihr überhaupt nicht stand. Sie hatte eine spitze Nase und dünne Lippen, die zwar immer lächelten, aber trotzdem streng wirkten. Wenn sie redete, waren ihre Hände beteiligt. Manchmal fuchtelte sie herum, daß man meinen konnte, sie fange Fliegen.

„Wascht euch die Hände, Kinder!" sagte sie. „Und kommt bitte ins Speisezimmer. Wir essen gleich."

„So früh schon, Mutter?" fragte Klößchen, der den schlimmsten Appetit gern vorher gestillt hätte. Mit Schokolade, natürlich.

„Extra euretwegen", strahlte sie. „Naja, und ein bißchen was müssen Vater und ich auch vorher essen. Wir sind bei Kranwinkels eingeladen. Aber die machen immer dieses gräßliche kalte Buffet. Wohin du siehst — nur die Reste toter Tiere. Keinen Bissen kann ich dort zu mir nehmen."

Tarzan unterdrückte ein Grinsen. Er wußte, wie es bei den Sauerlichs zuging. Schließlich gehörte er schon fast zur Familie.

Frau Sauerlich hatte ihr Leben der Diät verschrieben. So wie sie aussah, so lebte sie auch. Als überzeugte Vegetarierin wies sie Fleisch weit von sich. Und ihr Mann, der einen ganz anderen Geschmack hatte, mußte wohl oder übel mitmachen, wenn er nicht gerade heimlich futterte. Außerdem — und das war der Zwiespalt, mit dem Frau Sauerlich ständig lebte — hielt sie Zucker und Süßwaren für Gift. Zwar hatte ihr Mann seinen Reichtum als Schokoladenfabrikant erworben, aber gutheißen konnte Frau Sauerlich das nicht. Sicherlich — ihr Mann aß nie einen Bissen Schokolade, hielt aber Naschen keineswegs für eine Untugend. Guten Gewissens produzierte er daher herrlichste Schokolade und köstlichste Pralinen.

Herr Sauerlich hatte im Speisezimmer bereits Platz genommen. Daß es sich bei ihm um Klößchens Vater handelte, war nicht zu übersehen. Er hatte das gleiche runde Mondgesicht mit den vielen Sommersprossen, die gleichen Henkelohren und eine noch fülligere Figur. Er war zwar mehr als 30 Jahre älter als sein Sohn Klößchen, aber nur um eine Winzigkeit größer.

„Hallo, ihr beiden! Dann mal ran an die Bouletten!" sagte er und stieß, wie es seine Angewohnheit war, den Zeigefinger energisch in die Luft.

Bouletten? dachte Tarzan. Wenn's die nur gäbe! Wäre ja zu schön, um wahr zu sein.

Sie aßen zu viert. Die Menüfolge war genau so, wie Klößchen prophezeit hatte: Brennesselsuppe — die so sehr nach nichts schmeckte, daß die Zunge fast einschlief —, gedünstetes Gemüse — das so satt machte wie ein paar tiefe Atemzüge im Wald — und Rhabarberkompott. Es war mit Honig gesüßt, konnte aber die vorangegangenen Enttäuschungen nicht gutmachen.

Trotzdem, Tarzan bedankte sich höflich, sagte, es hätte geschmeckt, wünschte einen angenehmen Abend und zog sich mit Klößchen auf dessen Bude zurück. Ins Obergeschoß. Was sie dort erwartete, war klar: Eine große Platte mit Aufschnitt, kaltem Braten, fettem Käse, grober Leberwurst und — Bouletten.

„Wenn unsere Köchin nicht so alt wäre", meinte Klößchen schmunzelnd, „würde ich sie heiraten. Nur weil sie so ein goldiges Herz hat. Sie weiß: Hunger tut weh. Und sie hat Mitleid mit der heranwachsenden Jugend."

„Halt dich ruhig ein bißchen zurück. Denn du wächst leider vor allem in die Breite. Zu zweit schaffen wir das nie."

„Zu zweit? Hast du meinen Vater vergessen?"

„Ach so! Tschuldigung! Wie konnte ich!"

Zwei Minuten später schlich sich Herr Sauerlich zu ihnen herauf. Ihm lief bereits das Wasser im Mund zusammen. Augenzwinkernd vertilgte er in kürzester Zeit den kalten Braten und ein Viertelpfund Käse.

Mümmelnd meinte er: „Vegetarisch kann ich nun mal nicht existieren. Aber ich will meiner lieben Frau nicht wehtun. Und was man nicht weiß, macht einen nicht heiß. Hab' ich nicht recht?"

Tarzan wußte: Auch Herr Sauerlich hatte einen heißen Draht zur Küche und wurde Tag für Tag heimlich mit seiner ansehnlichen Fleischration versorgt. Anders war sein Wohlstandsbauch auch nicht zu erklären. Nur Frau Sauerlich vermutete als Ursache eine Drüsenschwäche und hoffte seit Jahren auf Besserung.

Die beiden Freunde spielten Karten, waren aber nicht bei der Sache, sondern mit ihren Gedanken im Moor. Schließlich waren sie gleichzeitig fertig. Keiner hatte mehr Karten in der Hand, und sie wußten nicht, wer nun gewonnen hatte.

Vom Fenster aus beobachteten sie, wie Willis Eltern im Jaguar abfuhren. Sie waren festlich gekleidet, und Georg trug seine graue Chauffeursuniform.

Klößchen sah sorgenvoll zum Himmel. „Das bewölkt sich aber ganz schön."

„Kann uns nur recht sein. Dann ist es dunkler. Und wir werden nicht bemerkt."

„Soll ich mein Regen-Cape mitnehmen?"

„Spinnst du? Vielleicht noch Schirm und Gesangbuch?"

Sie zogen sich um. Dunkle Jeans, dunkle Pullis. Da Klößchens rotblonde Haare sogar im Dunkeln schimmerten, setzte er eine spinatgrüne Sportkappe auf. Damit sah er zum Brüllen aus, aber Tarzan sagte nichts. Sicherheit ging vor Schönheit — vor allem, wenn man einen bewaffneten Wilddieb ertappen wollte.

5. Der Schuß auf den Wilddieb

Sie trafen sich an derselben Stelle wie nachmittags. Karl war schon da.

„Wißt ihr, was ich gehört habe", berichtete er aufgeregt. „'ne ganze Menge Leute zeltet draußen. Im Ernst. Nicht wegen des schönen Wetters oder so — sondern weil sie bis zum letzten Schimmer Tageslicht suchen wollen. Und dann früh, sobald's hell wird, gleich weiter. Um vier oder noch eher."

„So verrückt möchte ich sein", sagte Klößchen. „Mein Schlaf ist mir lieber als alle Millionen."

„Ist aber gut, daß wir's wissen", meinte Tarzan. „Es werden also ein paar mehr dasein als wir, die Polizisten und der Wilddieb."

„Falls er kommt . . .", zweifelte Karl.

„Der kommt. Wenn er das Reh bei der Hitze länger hängen läßt, vergammelt's. Und daß wir's entdeckt haben, weiß er ja nicht."

Sie fuhren los. Einige Wagen kamen ihnen entgegen, aber viel Betrieb herrschte nicht. Die Sonne stand bereits tief, berührte im Westen den Horizont und strahlte die Schönwetterwolken, die sich mehr und mehr bildeten, rotbraun und golden an. Es war noch warm. Braunes Licht lag über der Landschaft. Mückenschwärme tanzten in der Luft, und der Blütenduft des Frühsommers war überall zu riechen. Es war ein Wetter, bei dem man sich auf die großen Ferien freute, auf Ausflüge, Schwimmen und Picknick.

Während die drei dem Moor entgegen radelten, wurden die Schatten immer länger. Dann sank die Sonne hinter den Horizont. Die Luft blieb noch lau, aber Dämmerung kam aus den Wolken herab; und das braune Licht verwandelte sich in bläuliches Zwielicht.

Als sie das Gasthaus erreichten, dunkelte es.

Sie schlossen ihre Räder ab, eilten über die Wiese und fanden mit dem letzten Tageslicht gerade noch die Stelle, wo der Wildwechsel anfing.

Der Hinweg wurde noch mühseliger als bei Tag. Tarzan führte den kleinen Trupp an. Katzenhaft lautlos ging er mit

sicherem Schritt über den Pfad. Hinter ihm schnaufte Klößchen. Er tat sich schwer. Als er mit dem Fuß unter einer Brombeerranke hängen blieb, fiel er der Länge nach auf die Nase.

Fluchend rappelte er sich auf.

„Pst!" zischte Tarzan. „Ab jetzt wird nur noch geflüstert. Wenn du so krakeelst, kannst du gleich 'nen Lautsprecher nehmen."

„Dieser Mistweg!" wisperte Klößchen. „Ich habe mich an Dornen gerissen."

„Bist doch gegen Tetanus-Bazillen geimpft wie wir alle. Also reg' dich nicht auf!"

Sie pirschten weiter. Auch Karl stolperte. Dabei verlor er seine Brille. Aber er fand sie sofort.

Als sie das Leere Grab erreichten, war es so dunkel, daß man nur noch auf zehn Schritt Entfernung schemenhafte Umrisse erkannte. Wolken überzogen den Himmel. Von Mond und Sternen keine Spur.

Tarzan setzte sich aufs Leere Grab.

„Seht euch die Glühwürmchen an!" meinte er.

„Das sind aber komische Glühwürmchen", flüsterte Klößchen.

„Eben. Menschliche. Und was da leuchtet, sind nicht die Lichter ihres Verstandes, sondern Taschenlampen."

Aus der Ferne sah es tatsächlich wie vereinzelte Glühwürmchen aus. Hier und dort geisterten sie durch die unwegsame Wildnis des Hochmoors: Schatzsucher, die von Geldgier getrieben wurden.

„Arme Irre!" murmelte Karl.

„Ob Stulla noch da ist?" fragte Klößchen.

„Vielleicht zeltet er — unter einer Zeitung", meinte Tarzan. „Natürlich duscht er vor dem Einschlafen, indem er mal in die Luft spuckt und sich schaudernd davon berieseln läßt. Das ist dann genug Hygiene und reicht für eine Woche."

„Penner müßte man sein", seufzte Klößchen. „Keine Diät, kein Schulstreß, kein Sport, keine Uhr, keine Verpflichtungen. Eigentlich leben die gar nicht so schlecht."

„Aber sie kriegen nie genügend Schokolade. Als Lebensziel kommt das also für dich nicht in Frage."

Sie beobachteten, wie in der Ferne immer mehr Lampen ausgeknipst wurden. Auch die Eifrigsten verloren allmählich den Mut.

Es war noch dunkler geworden. Gerade richtig, um das Ziel anzupirschen. Lautlos machten die Jungs sich auf den Weg.

Man sah jetzt wirklich nicht mehr viel. Klößchen und Karl vertrauten ganz auf Tarzans Führung, der mit dem Instinkt eines Dschungelkriegers alle Hindernisse mied.

Sie gingen hintereinander und hatten eine Kette gebildet. Das heißt: Klößchen hakte einen Finger in Tarzans Gürtel, behielt dadurch Fühlung mit ihm; Karl wiederum hielt sich an Klößchens Gürtel fest. Aus einiger Entfernung mußte ihr Schattenriß wie ein Fabelwesen erscheinen, ein dreihöckeriges: Voran der hochgewachsene Tarzan, dann Klößchen — kurz und dick, hinter ihm die Bohnenstange Karl.

„Ich glaube, ich brauche eine Brille", flüsterte Klößchen. „Du siehst jedes Sumpfloch und jeden Graben, Tarzan. Ich sehe gerade noch deinen Rücken."

„Du mußt dich nicht auf deine Augen verlassen", erwiederte Tarzan, „sondern mit allen Sinnen hellwach sein. Sumpf kannst du riechen. Und wenn der Boden weich oder abschüssig wird, spürst du's unter den Sohlen."

Tarzan blieb stehen, orientierte sich. Dann entdeckte er gegen den etwas helleren Nachthimmel die Baumgruppe.

In der Nähe standen dornige Sträucher, wie sie nachmittags gesehen hatten. Einer war nur etwa zehn Meter von den Bäumen entfernt. Dahinter lag ein umgestürzter Stamm, morsch schon, aber noch nicht faulig. Man konnte sich draufhocken.

Nebeneinander setzten sie sich hin.

„Gespenstisch", flüsterte Klößchen. „Himmel, was man hier alles hört, nachts im Moor."

Er meinte die Tierstimmen. Wo Wiese war, zirpten Grillen. Man hörte das Gequake der Frösche. Mit flappendem Flügelschlag strich ein Nachtvogel vorbei. Neben einem kleinen Hügel in Richtung Leeres Grab glühte ein phosphoreszierendes Augenpaar auf, verschwand, erschien wieder, schien zu ihnen herüber zu starren und blieb wie angewurzelt an der Stelle.

„Da kann man Gänsehaut kriegen", wisperte Klößchen.

„Zittere nicht so!" flüsterte Tarzan. „Der ganze Baumstamm wackelt schon. Wenn du so weitermachst, gibt's ein Erdbeben im Moor. Das da hinten ist nur 'ne wildernde Katze. Wir . . . Pst! Da kommt wer!"

Obwohl es stockdunkel war, duckten sie sich.

Jetzt hörten auch Karl und Klößchen das Rascheln. Jemand schlurfte eilig über Moos, durch Heidekraut und Gras. Sein Atem keuchte. Eine Taschenlampe blitzte auf. Der Lichtkegel war zu Boden gerichtet. Und erlosch gleich wieder.

Aus weitgeöffneten Augen starrte Tarzan in die Dunkelheit. Jetzt konnte er die Silhouette ausmachen. Es schien ein Mann zu sein. Mehr war nicht zu erkennen.

Er kam näher, seine Schritte wurden langsamer. Er blieb stehen. Offenbar sollte sein Atem sich beruhigen. Dann schlich er weiter. Im nächsten Moment war er unter den Birken verschwunden.

Klößchens Zähne schlugen aufeinander.

Tarzan puffte ihn in die Rippen.

An Flüstern war nicht zu denken. Auf die kurze Entfernung hätte der Wilddieb es gehört.

Plötzlich blitzte unter den Bäumen Licht auf.

Der Strahl der Taschenlampe war aufwärts gerichtet. Dorthin, wo das Reh hängen mußte.

Einen Augenblick später kam die Gestalt unter den Bäumen hervor.

Unmöglich! dachte Tarzan. In den paar Sekunden kann er das Reh nicht vom Baum geholt haben!

Leise kam der Mann auf sie zu. Jetzt war er nur noch fünf oder sechs Schritte entfernt.

Tarzans Muskeln spannten sich. Er saß sprungbereit. Aber im Magen breitete sich ein mulmiges Gefühl aus, denn mit einem bewaffneten Wilddieb ist bestimmt nicht gut Kirschen essen.

Wenn er jetzt die Lampe anmacht, dachte Tarzan, sind wir entdeckt.

Aber die Lampe leuchtete nicht auf. Der Mann blieb stehen. Leise schneuzte er sich. Tarzan glaubte, Schweißgeruch zu spüren. Ziemlich deutlich konnte er den Mann jetzt

erkennen. Plump war er, beleibt, trug einen Hut und — tatsächlich! — er hatte ein Gewehr auf dem Rücken.

In derselben Sekunde wußte Tarzan, wer da stand: Gröbl, der Jagdaufseher.

Du grüne Neune! dachte Tarzan. Jetzt haben wir den Salat! Der will dasselbe wie wir: auf den Wilddieb lauern. Also hat auch Gröbl das Reh vorhin entdeckt. Vielleicht war er deshalb so eklig. Und jetzt? Wenn er uns bemerkt, gibt's mordsmäßigen Rabatz! Also lieber nicht. Flach atmen, nicht rühren. Hoffentlich muß Willi nicht husten. Karl kann sowieso nur kurze Zeit stillsitzen. Aber wenn er seine langen Knochen bewegt, knarren jedesmal die Gelenke. Au Backe!

Gröbl war zu einem Entschluß gekommen. Er suchte ein Versteck. Zwei Schritte brachten ihn noch näher an den Strauch heran, hinter dem die drei auf ihrem Baumstamm hockten.

Aber Gröbl schien den Strauch für ein unüberwindliches Hindernis zu halten. Er bog nach links ab, stolperte in die Schneise zwischen den Büschen, grunzte ärgerlich, ließ wieder die Taschenlampe für eine halbe Sekunde aufblitzen und schien gefunden zu haben, was er suchte: Einen Platz wo er sitzen konnte.

Der war etwa zehn Meter seitlich von den Jungs und in gleicher Entfernung von der Baumgruppe.

Gröbl setzte sich; vermutlich auf einen Stein. Aber offenbar piekte der. Deshalb drehte er ihn erstmal, wendete und rollte ihn etwas — noch näher zu den drei Freunden heran.

Dann saß Gröbl. Metall klirrte leise, als er sein Gewehr bereitlegte. Er hüstelte. Wie herrlich! Er durfte — die Jungs durften nicht. Nochmals schneuzte er sich. Dann schepperte Glas. Aha! Er nahm einen Schluck. Zielwasser, sozusagen.

Danach war Stille. Wieder spielten Frösche und Grillen die erste Geige im nächtlichen Konzert. Und damit die kleine Nachtmusik auch Hintergrund hatte, strich wispernd der Wind durch die Blätter der Birken.

Es war eine vertrakte Situation, ein Geduldsspiel zum Aus-der-Haut-Fahren.

Still und stumm wie Steine saßen die drei.

Hoffentlich kommt der Mond nicht hervor! dachte Tarzan.

Klößchens Mückenstiche juckten. Das Verlangen, sich zu kratzen, wurde unerträglich. Mindestens für eine Woche hätte er auf Schokolade verzichtet — nur um sich jetzt kratzen zu können.

Karl, der mit seinem dünnen Hintern nie sehr bequem saß, hätte sich um alles in der Welt ein Kissen gewünscht. Die Po-Knochen taten ihm weh. Und irgendwas krabbelte an seinem Bein herauf. Eine Spinne?

Kein Wort und kein Zeichen der Verständigung war nötig gewesen. Jeder der drei wußte: Wenn Gröbl uns bemerkt, gibt's Ärger. Der kriegt es glatt fertig und beschuldigt uns der Wilddieberei.

Langsam schlichen die Minuten vorbei. Die Zeit schien stillzustehen. Selbst die langweiligste Unterrichtsstunde konnte nicht so schleppend vergehen.

Nur Gröbl schien das Warten nichts auszumachen. Er trank Schluck um Schluck, bewegte sich, wann er wollte, rülpste zweimal und stand auch kurz auf, um den Stein nochmals in eine andere Lage zu rücken. Eigentlich mußte er die dunklen Schemen der Jungs bemerkt haben. Vielleicht hielt er sie für Baumstümpfe, oder er war nachtblind oder schon nicht mehr ganz nüchtern.

Tarzan hatte sich entspannt wie vor einem Judo-Kampf, atmete ganz langsam und leicht, achtete nur auf seinen Atem und ließ die Gedanken treiben. Dummerweise fiel ihm immer wieder dasselbe ein: Das kann noch stundenlang dauern! Vielleicht kommt der Wilddieb erst um Mitternacht oder noch später! Und jetzt ist es höchstens halb zehn!

Aber — der Wilddieb hatte Erbarmen. Er kam früher.

Tarzan bemerkte ihn als erster, war sich aber nicht sicher, ob sein Gehör ihn täuschte.

Ein anderer Laut war plötzlich in der nächtlichen Sinfonie: Ein unendlich leises Knistern im Gras. Wie von schleichenden Schritten. Dort, wo sie gingen, verstummten die Grillen.

Dann sahen die Jungs den Schemen. Ganz plötzlich war er da, schon dicht vor der Baumgruppe: Dunkel, groß, lautlos und irgendwie bedrohlich.

Als letzter merkte Gröbl, daß sein Warten nicht umsonst war.

Zufällig hatte er sich in der Minute vorher recht ruhig verhalten. Vielleicht weil er schläfrig war. Jetzt wurde er munter.

Der Strahl seiner Taschenlampe schoß durch die Nacht. Genau auf den Wilddieb war die Lampe gerichtet. Das kam unvermutet und hätte jeden überrascht. Blitzartig wirbelte die Gestalt herum.

Daß er ein Mann war, sah man. Ein großer Kerl, von Kopf bis Fuß dunkel gekleidet. Er trug eine Schirmmütze. Sein Gesicht war rußgeschwärzt. Nur die Augen leuchteten.

„Hände hoch!" brüllte Gröbl. „Verdammter Wilddieb!"

Der begriff und reagierte sofort. Mit einem mächtigen Satz sprang er aus dem Lichtschein.

„Stehenbleiben!" schrie Gröbl.

Der Lichtstrahl suchte nach dem Wilddieb, fand ihn auch, aber nur für Sekundenbruchteile. Denn der Wilderer wußte, wo sein Heil lag, und er verschwand unter den Bäumen. Zweige, die fast bis zum Boden reichten, entzogen ihn dem Blick.

Dennoch — in diesem Augenblick krachte der Schuß.

Blindlings feuerte Gröbl in die Blätter.

Das kam nicht unbedingt überraschend. Trotzdem — Klößchen wäre fast vom Stamm gepurzelt. Karl mußte sich festhalten, um nicht in die Höhe zu schnellen.

„Stehenbleiben! Verdammter Verbrecher!"

Gröbl rannte ihm nach, schimpfend, stolpernd, in der einen Hand die Taschenlampe, in der anderen das Gewehr.

Die drei Freunde rührten sich nicht.

Gröbl lief unter die Bäume, kam auf der anderen Seite hervor, verfolgte hartnäckig den Wilddieb, entfernte sich weiter und weiter und ließ den Lampenschein vor sich hergeistern.

„Puh!" sagte Klößchen. „Gott sei Dank!"

„Der rennt und rennt", ächzte Karl. Er stand auf und rieb sich das Hinterteil. „Woher weiß der eigentlich, ob er auf der richtigen Fährte ist?"

„Sicherlich hat er die Nase eines Jagdhundes." Tarzan stand auf und fiel zu einer tiefen Kniebeuge zusammen, die er gleich ein paarmal wiederholte. „Außerdem das Herz eines Löwen, die Ausdauer eins Windhundes und — wie ihr bemerken konntet — die Treffsicherheit eines Meisterschützen. Das einzige, was er nicht zu vertragen scheint, ist Schnaps."

Die beiden lachten.

„Und jetzt?" fragte Karl.

„Jetzt ist leider alles gelaufen", sagte Tarzan. „Gröbl hat den Wilddieb verscheucht. Wir können nach Hause gehen."

„So ein geschwärztes Gesicht!" murmelte Klößchen. „Direkt unheimlich. Habt ihr was erkannt?"

„Nüscht!" sagte Karl.

„Da war leider nichts zu erkennen." Tarzan gab dem Stamm einen Tritt. „Hauen wir ab, bevor die Polizei hier ist. Den Schuß hat man vielleicht beim Gasthaus gehört."

Sie liefen zur Baumgruppe. Gröbl hatte sich mindestens 200 Meter entfernt. Seltsamerweise wirkte er nicht wie ein Glühwürmchen, als er im Zickzack übers Moor geisterte, mal verdeckt von Büschen oder Baumgruppen, dann wieder deutlich als Schattenriß sichtbar. Bei längerem Hinsehen hatte man den Eindruck, ein betrunkenes Gespenst sei unterwegs.

Klößchen fiel zum zweiten Mal auf die Nase.

„Au!" schimpfte er. „Verdammter Mist! Immer ich!"

Sie waren bereits unter den Bäumen.

„Nun steh' auf!" meinte Tarzan, als Klößchen auf dem Bauch liegen blieb.

„Klar. Oder denkste, ich will hier übernachten. Glück im Unglück, wie schön! Ich glaube, ich habe fünf Mark gefunden."

Er rappelte sich auf und wog seinen Fund in der Hand.

„Nee, das ist 'ne Plakette. Mit noch allerhand dran. Nachher, bei Licht, werde ich's mir ansehen."

Er steckte es ein. Gemeinsam machten sich die drei auf den Rückweg.

Als sie das Gasthaus erreicht hatten, setzten sie sich unter den Baum, an den sie ihre Räder gekettet hatten.

Im Gasthaus war Hochbetrieb. Die Zelter, die bei Tagesgrauen weitersuchen wollten, versorgten sich jetzt mit Bier oder Wein. Laute Stimmen drangen durch die geöffneten Fenster in die Nacht. Ein paar Männer, die schon über den Durst getrunken hatten, malten sich aus, was sie mit dem Finderlohn machen würden.

Einige Zeit später tauchte Gröbl auf. Er hinkte und stützte sich auf sein Gewehr wie auf einen Krückstock.

Er verschwand hinterm Gasthaus, wo immer noch zwei Polizeifahrzeuge standen. Schließlich kam er mit drei Uniformierten zurück. Sie hatten Handscheinwerfer. Offenbar wollte man jetzt das Reh holen. Der Ton, in dem die Beamten mit Gröbl redeten, war nicht sehr freundlich. Sie mißbilligten seinen erfolglosen Alleingang.

Grinsend beobachteten das die drei Freunde. Dann schwangen sie sich auf ihre Drahtesel und fuhren zur Stadt zurück.

6. Der verräterische Schlüsselanhänger

Klößchens Bude im Elternhaus war ein Prachtzimmer: Groß, mit zwei Fenstern zum Garten, ausstaffiert mit schicken Möbeln im Kajütstil, und die Schränke und Fächer voll mit nützlichem und nutzlosem Kram. Auch Bücher standen massenhaft in den Regalen. Klößchen hatte noch längst nicht alle gelesen. Außerdem las er immer wieder dieselben.

Unterm Fenster war ein zweites Bett aufgeschlagen — für Tarzan. Beide Nachttischlampen brannten. Freilich — Tarzans Lampe stand auf einem Hocker. Aber wen störte das!

Die Köchin hatte für beide Jungs gesorgt.

Als sie vor einer Viertelstunde verstohlen heimgekommen waren, hatten sie Betthupferl auf dem Kopfkissen vorgefunden. Für Tarzan eine Schale mit Obst. Für Klößchen einen Querschnitt durch das Programm der berühmten Sauerlich-Schokoladen. Verkauft wurden sie allerdings unter appetitlichen Phantasienamen. Denn Sauerlich und Schokolade — das paßt nicht zusammen.

Tarzan lag bereits im Bett, biß krachend in einen Treibhausapfel und dachte über den Wilddieb nach.

Warum macht jemand sowas? Ist es Leidenschaft, wie es ja auch Jagdleidenschaft gibt? Eine verkorkste Form von Abenteuerlust? Oder ist ein Wilddieb nur ein schäbiger Fleischjäger? Ein Selbstversorger mit nächtlichem Freizeithobby?

Klößchen hatte seinen braunen Pyjama an, den er gern trug, weil Schokoladenflecken darauf nicht auffielen. Er saß auf der Bettkante und durchwühlte die Taschen seiner Jeans.

„Herrjeh, wo habe ich's denn?"

„Was suchst du?" fragte Tarzan.

„Die Plakette."

„Was?"

„Das Ding, das ich im Moor gefunden habe. Da ist es."

Er hielt hoch, was er im Dunkel der Nacht für eine Plakette gehalten hatte.

Es war eine Silbermünze, größer als ein Fünfmarkstück und bedeutend schwerer. Ein kurzes Kettchen hing als Schlinge daran. Man konnte es loshaken und Schlüssel auf die Kette reihen. Es war ein Schlüsselanhänger. Zwei blitzblanke Sicherheitsschlüssel hingen daran.

Tarzans Augen wurden schmal. „Gib mal her!"

Klößchen warf es ihm zu. „Da hat jemand seinen Schlüsselanhänger verloren. Fünf Mark wären mir lieber."

Tarzan starrte darauf. „Mensch, Willi!" flüsterte er. „Du Glückspilz! Das ist vielleicht ein Ding!"

„Was?"

„Du hast das Rätsel gelöst!"

„Ach? Und der einzige, der nichts davon weiß, bin ich."

„Weißt du, wem das gehört? Funke! Dem Kräutersammler! An seinem Gürtel habe ich's gesehen."

„Na, und?"

„Ja, begreifst du denn nicht?"

„Funke hat seinen Schlüsselanhänger verloren. Das begreife ich."

„Aber er ist der Wilddieb!"

„Wieso?"

„Willi! Nun zähl' mal bis drei! Ich kannte Funke nicht, habe ihn vorher nie gesehen. Wann also kann ich dieses Ding bei ihm bemerkt haben. Nur heute! Da war's später Nachmittag. Da hatte er's noch. Da kam er bereits vom Kräutersammeln, denn sein Rucksack war voll. Außerdem machte er Feierabend, trank Bier, ruhte aus. Garantiert ist der nicht noch mal bis zu unserer Baumgruppe gelatscht. Was ergibt sich daraus? Verloren hat er's vorhin. Gleichsam vor unseren Augen. Nur sehen konnten wir nichts, weil's zu dunkel war. Der Kräutersammler Funke, Willi, ist der Wilddieb. Als er mit dem gewaltigen Sprung aus dem Lichtschein hechtete, ist ihm der Anhänger aus der Tasche gefallen. Und du Glückspilz stößt buchstäblich mit der Nase drauf."

„Mit der Hand", sagte Willi. „Ich habe direkt draufgefaßt. Du meinst also wirklich . . . Junge, Junge!"

„Klar! Und alles paßt zusammen."

„Was denn?"

„Sein Beruf. Oder seine Freizeitbeschäftigung. Oder was auch immer das ist. Kräutersammeln. Er treibt sich in der

Natur rum. Und die Kräuter sind sein Alibi. Querfeldein kann er, ins Dickicht, wohin er will. Und wenn er auf einen Jäger stößt, hat er die Erklärung im Rucksack."

„Raffiniert. Dann ist der Anhänger ein Beweis."

Tarzan überlegte. Dann schüttelte er den Kopf. „Ich glaube, als Beweis reicht das nicht aus. Denn wenn ich behaupte, ich hätte den Anhänger am Spätnachmittag bei ihm gesehen, dann braucht die Polizei das nicht unbedingt zu glauben. Und Funke wird schwören, er hätte den Anhänger sonstwann verloren."

„Scheibenkleister! Wollen wir's Gabys Vater sagen? Der ist schließlich Kriminalkommissar und . . ."

„Laß' uns damit noch etwas warten", unterbrach Tarzan ihn. „Wenn wir ein bißchen mehr rauskriegen, wäre das doch toll." Er grinste. „Ich finde, vor Mühe und Verantwortung darf man sich nicht drücken."

Klößchen lachte. „Klar, du findest immer einen Grund, in irgendeiner gefährlichen Sache allein rumzustochern. Aber was willst du nun machen?"

„Erkundigungen einziehen. Über Funke. Wer kommt da in Frage? He, Lisa natürlich! Du, wie spät ist es?"

„Gleich elf. Warum?"

„Ob man jetzt bei ihr noch anrufen kann? Telefon hat sie. Das weiß ich. Ach, egal. Selbst wenn sie schon schläft — übelnehmen wird sie uns die Störung schon nicht."

Auf nackten Füßen tappten sie hinaus in den Flur. Im Haus war es still. Sauerlichs würden erst später zurückkommen. Georg, der Chauffeur, ebenfalls. Köchin und Hausmädchen hatten ihre Zimmer unter dem Dach und schliefen schon.

Es gab drei Telefone, eins war in der Diele.

Klößchen suchte Lisa Molls Anschluß heraus. Er war auf den Namen der Mutter eingetragen. Die hieß Martha. Es gab noch mehrere Molls in der Stadt. Aber Tarzan kannte Lisas Adresse. Das schloß Verwechselung aus.

Er wählte. Gleich darauf wurde abgehoben. Lisa meldete sich.

„Ich bin's", sagte er: „Tarzan. Entschuldige, Lisa, daß ich so spät störe. Aber ich möchte dich was Vertrauliches fragen."

„Tatsächlich?" Sie lachte. „Na, dann schieß los!"

„Du hast doch heute nachmittag über diesen Funke gesprochen. Wer ist das eigentlich?"

„Ein mieser Typ. Hast du das nicht gemerkt?"

„Doch! Aber was macht er? Ist der von Beruf Kräutersammler?"

„Nee! Den Beruf, Tarzan, gibt's wohl noch nicht. Er hat einen Kiosk in der Nähe vom Bahnhof. Tabak, Süßwaren und Schnaps. Auch ein paar Zeitschriften, glaube ich. Den Schnaps verkauft er auch an Kinder. Jedenfalls habe ich das von meinem kleinen Bruder gehört. So'n paar Säufer lungern immer bei ihm rum. Netten Umgang hat der bestimmt nicht."

„Aha! Und wo wohnt er?"

„Hinter den Schrebergärten — in der Bricheisenstraße. So ein kleines, mieses, verkommenes Haus. Aber mit 'nem ganz netten Garten. Dort wohnt er offenbar allein. Ich war mal dort. Mußte was hinbringen. Von meinem Chef."

„Von Keipner, dem Wirt der Höllenmühle?"

„Ja."

„Was hast du denn hingebracht?"

„Du bist aber neugierig. Weshalb willst du das alles wissen?"

„Jetzt könnte ich dich mit 'ner Schwindelei abspeisen, Lisa. Aber das wäre unehrlich. Deshalb — ich sage es dir später, ja. Es hat seinen Grund. Aber, bitte, erzähl' niemandem, daß ich mich erkundigt habe."

„Klingt ja enorm geheim. Und da man von dir einiges gewöhnt ist . . ."

„Was meinst du damit?" fiel er ihr ins Wort.

„Naja, was von dir so erzählt wird. Demnach hast du die Nase immer vorn."

„Wo soll ich sie denn sonst haben. Also, Lisa: Was hast du Funke gebracht?"

„Ein kleines Paket. Nein, war eigentlich mehr ein gefütterter Umschlag. Nicht besonders groß. Was drin gewesen sein könnte? Vielleicht Schriftstücke. Oder ein sehr dünnes Buch."

„Hat Funke ein Auto?"

„Zur Höllenmühle kommt er immer per Fahrrad. Wo er wohnt, stand keines. Da war auch keine Garage."

Mehr wußte Lisa nicht. Tarzan bedankte sich und wünschte ihr eine gute Nacht.

Klößchen hatte dicht bei ihm gestanden und alles mitgehört.

„Hm. Verstehe ist nicht. Wenn er der Wilddieb ist, wie befördert er dann seine Beute? Was meinst du, Tarzan? Auf den Gepäckträger? Das fiele doch wohl auf, wenn er so durch die Stadt radelt."

„Stimmt. Und nur ein sehr kleines Reh würde in den Rucksack passen. Ein Hase auch. Aber das Reh aus der Birke könnte er nicht mit dem Rad transportieren."

„Wie macht er's dann?"

„Vielleicht hat er doch einen Wagen. Oder einen Bekannten, der beim Transport hilft und dafür einen Wildbraten kriegt: Rehnüßchen, Hasenkeule oder Hirschfilet. Oder Funke zieht nachts mit dem Handwagen los. Wir werden es rauskriegen."

„Du willst ihm nachspionieren? Und wenn er dich über den Haufen schießt?"

„So schlimm wird's wohl nicht werden", lachte Tarzan. „Außerdem bade ich vorher in Drachenblut. Das macht kugelfest und hat sich schon bei Jung-Siegfried bewährt. Deutsche Sagen, erster Teil! He, warum schluckst du denn dauernd?"

„Ich wünschte, ich könnte. Aber mein Schlund ist trocken wie Sandpapier. Ein gräßlicher Durst. Kommst du mit in die Küche?"

Tarzan kam nicht mit. Sein Apfel genügte ihm. Klößchen trank inzwischen einen Liter Kakao. Mit einem Trommelbauch legte er sich dann ins Bett.

„Jetzt wird gepennt", befahl Tarzan. „Wir haben morgen einen harten Tag vor uns."

„Na, dann gute Nacht!" seufzte Klößchen und meinte es in doppelter Bedeutung.

7. Oskar findet den Fallschirm

Samstags schliefen Herr und Frau Sauerlich lange. Klößchen hätte gern das gleiche getan. Aber Tarzan schmiß ihn aus dem Bett. Er überhörte Klößchens Gezeter. Fürs Frühstück ließ er ihm nur fünf Minuten, trieb sogar dabei zur Eile an und gab erst Ruhe, als sie auf ihren Rädern stadteinwärts radelten.

Die Sonne schien. Nur wenige Federwölkchen trieben am Himmel. In der Innenstadt herrschte geschäftiges Leben. Unterwegs gabelten sie Karl auf, der auf seinem Rad hockte wie der Affe auf dem Schleifstein. Karl behauptete, er hätte blaue Flecke am Hinterteil und würde sich vorläufig auf keinen Baumstamm mehr setzen.

Sie fuhren zu Gaby.

In einer hübschen Seitenstraße mit alten Häusern betrieb Frau Glockner, Gabys Mutter, ein Lebensmittelgeschäft. Sie war eine liebenswürdige Frau. Mutter und Tochter sahen sich ähnlich, und daraus folgerte Tarzan, daß Gaby auch später als Frau von ihrem netten Äußeren nichts einbüßen würde.

Die Wohnung lag über dem Geschäft. Nach dem verabredeten Klingelsignal — dreimal kurz, dreimal lang — kam Gaby ans Fenster, winkte, lachte und streckte den dreien die Zunge raus. Dann fiel die Gardine zurück.

„Aha!" meinte Karl. „Sie ist gut aufgelegt und läßt heute ihren Albernen heraushängen. Nachher im Moor wird sie dann vor Angst ganz piepsig."

„Was soll denn das heißen!" knurrte Tarzan. „Gaby ist okay. Ich kenne kein anderes Mädchen, daß so okay ist. Für ein Mädchen hat sie sogar phänomenalen Mut. Wenn's drauf ankommt, steckt sie dich in die Tasche. Und wenn du blöd über sie redest, stecke ich dich in den dunkelsten Keller und sperre die Tür ab. Dann kannst du dir den Hintern ganz durchsitzen und über Kameradschaftlichkeit nachdenken."

„Um Himmels willen!" Karl stotterte fast. „So habe ich das doch nicht gemeint. Gaby ist okay. Und wie! Ich sag doch nichts gegen sie."

„Wäre auch ungerecht." Tarzan grinste ihn an, knuffte ihn in die Rippen und bot den beiden dann Kaugummis an. Er hatte nur noch zwei. Aber Karl und Klößchen merkten das erst, als sie ihre schon im Mund hatten.

Gaby kam mit Oskar herunter. Sie hatte weiße Jeans an — mit nur einem einzigen Fleck unterm Knie — und ihr blaues T-shirt. Mit ihrer Pferdeschwanzfrisur sah sie hinreißend aus.

Tarzan kümmerte sich, wie immer, um Oskar, der ihm vor Freude alle Finger abschleckte. Inzwischen berichteten Karl und Klößchen gemeinsam über das Ereignis des Vorabends. Tuschelnd steckten sie die Köpfe zusammen. Gaby kriegte große Augen und wurde abwechselnd blaß und rot.

„Eine verirrte Kugel hätte euch treffen können", flüsterte sie entsetzt.

„So ein Schlumpschütze ist Gröbl nun auch wieder nicht", lachte Tarzan. „Hol' dein Rad. Wir fahren wieder raus. Karl hat sein Fernglas mit. Diesmal möchte ich doch etwas mehr sehen — von dem Flugzeugwrack und so."

„Und Oskar?" fragte sie.

„Nehmen wir mit. Daß Gröbl nicht auf ihn schießt, dafür stehe ich ein. Allerdings — an der Leine muß er bleiben. Am besten, du legst ihm das Geschirr um. Ist sicherer als das Halsband."

Wenig später radelten sie los.

Daß heute Samstag war, merkte man auf der Soiner Straße.

„Noch ein paar Wagen — und der Verkehrsstau ist fällig", stellte Klößchen fest.

Er hatte recht. Die halbe Stadt schien unterwegs zu sein. Auf der Straße ging's zu, als führe sie zu einem Volksfest.

Aber Tarzan kannte das. Die große Menge kommt immer nur bis zum Parkplatz. Und gerade noch bis zum Ausflugslokal, das aber nicht weiter als 300 Schritte entfernt ist. Wo die Natur beginnt und man laufen muß, herrschen Stille und Einsamkeit. Die Sportlichen und die Wanderer sind dort unter sich.

An derselben Stelle wie gestern ließen sie ihre Räder zurück. Oskar blieb fest an der Leine, als sie zum Leeren Grab marschierten.

Es war noch nicht zehn Uhr, aber die Sonne stand hoch und schien mit ihren Strahlen auf die kleine Gruppe zu zielen. Tarzan machte das nichts aus. Er vertrug Hitze wie Kälte. Aber Klößchen schimpfte wie ein Rohrspatz und lag den andern mit seinen Ankündigungen in den Ohren, wie viele Limonaden er nachher in der Höllenmühle trinken werde.

Sie erreichten das Leere Grab und sahen sich nach dem Stadtstreicher Stulla um. Aber entweder hatte ihn jemand vertrieben oder er schlief noch. Oder er war entmutigt. Jedenfalls ließ er sich nirgendwo blicken. Auch sonst war es still im weiten Umkreis. Das lag wohl daran, daß dieser Teil des Moors am weitesten von der Absturzstelle entfernt war.

„Wir sehen nach dem Reh", sagte Tarzan.

„Meinst du, es ist noch da?" fragte Karl.

„Natürlich nicht. Das haben Gröbl und die Polizisten mitgenommen. Aber eine Tatortbesichtigung kann nicht schaden."

„Noch mal laufen", murrte Klößchen. „Immer laufen."

„Ist doch gut", meinte Tarzan. „Da kriegt man wenigstens ein bißchen Durst. Du glaubst nicht, wie du dich dann auf die Limonade heute abend freust und. . ."

„Heute abend? In spätestens einer Stunde trinke ich ein

Faß aus", empörte sich Klößchen. „Sonst verschmachte ich."

„Hihi! Er verschmachtet", lachte Gaby. „Speist du neuerdings auch? Und mundet es dir? Tust du dich gütlich an Schokolade oder anderem Verzehr?"

„Nee!" sagte Klößchen. „Bei mir heißt das immer noch: Schmausen, spachteln, schnabulieren, mampfen, präpeln, futtern, acheln, vespern und fressen."

„Und das bringst du", lachte Tarzan, „ohne eine Sekunde nachzudenken. Ich wette, es gibt kein anderes deutsches Wort, für das du auf Anhieb so viele Synonyme *(sinnverwandte Worte)* weißt."

„Wette gewonnen", sagte Klößchen.

Im Gänsemarsch pilgerten sie zu der Baumgruppe hinüber.

Unter den Birken war der Boden von schweren Stiefeln zertreten. Tarzan fand den Baum, an dem das Reh gehangen hatte. Natürlich war's nicht mehr da. Aber an der weißen Rinde der Birke klebte geronnenes Blut. Und Oskar gebärdete sich, als hinge der Festtagsschmaus noch im Baum.

„Das arme Reh", sagte Gaby. „Es hätte sicher gern noch gelebt."

Oskar schnüffelte über den Boden. Er hatte ein Geschirr aus rotem Leder um, mit dazu passender Leine. Zu seinem weißen Fell mit den schwarzen Flecken bildete das einen hübschen Kontrast.

Plötzlich zerrte er wie wild.

Gaby, die ihn hielt, wurde fast umgerissen. „Oskar, was hast du denn?"

Oskar schob die Nase ins Heidekraut und strebte unter den Birken hervor. Um ihm seinen Willen zu lassen, folgte Gaby einige Schritte.

Hier war der Boden wie ein Rübenacker: Aufgebrochen, teils sumpfig, übersät mit fauligem Knüppelholz und vermodernden Baumstümpfen. Aber dahinter breitete sich

7

eine bettgroße Moosbank aus. Sie lockte zum Hinsetzen.

Oskar schnüffelte am Rande der Moosbank. Mit der Nase schob er einen offenbar lockeren Batzen zur Seite. Dann begann er mit den Vorderpfoten zu scharren.

„Laß' den Maulwurf!" befahl Gaby. „Sei ein braver Hund."

Aber Oskar war es völlig egal, ob man ihn für einen braven oder für einen ungezogenen Hund hielt. Ihn interessierte, was unter dem Moos war. Jetzt hatte er einen Zipfel davon erwischt. Er zerrte. Weißes Tuch kam zum Vorschein — immer mehr. Es war mit Erde verschmutzt. Trotzdem sah man: Es war neu. Oskar zerrte und zerrte, ging knurrend rückwärts, ließ seinen Fund nicht los und wedelte vor Stolz.

„Ja, was ist denn das?" meinte Klößchen. „Hat da jemand seine Bettücher vergraben?"

Oskar hatte alles hervorgezerrt. An der zusammengeknäulten Stoffmasse hingen Strippen, an den Strippen Gurte.

„Ein Fallschirm!" sagte Tarzan. „Ich werd' verrückt."

„Was denn, was denn!" sagte Karl. „Ein Fallschirm? Tatsächlich. Es ist ein Fallschirm."

„Sage ich doch", meinte Tarzan.

„Ein Fallschirm, wie ihn Flieger benutzen?" fragte Klößchen geistreich und befühlte den glatten, festen Stoff.

„Nein!" erwiderte Tarzan. „Diese Sorte wird nur von Tiefseetauchern benutzt."

„Häh?" meinte Klößchen. „Ach so. Jaja, schon gut. Fühlt sich wie Seide an."

„Fallschirmseide." Tarzan betrachtete alles genau, besonders die Gurte. „Der ist nagelneu."

„Versteht ihr das?" fragte Gaby. „Seide, sagst du? Eigentlich recht hübsch. Daraus könnte man ein Kleid mit. . . Ach, davon habt ihr sowieso keine Ahnung."

Tarzan hatte die Hände in die Hüften gestemmt. Mit

gefurchter Stirn stand er da und dachte nach.

„Ein Flugzeug ist abgestürzt", sagte er halblaut. „Die Leiche des Piloten wurde bis jetzt nicht gefunden. Und hier liegt ein versteckter, neuer Fallschirm. Ich meine — da sollte man einen Zusammenhang sehen."

„Dieser Harry Smith, der Pilot, ist abgesprungen", nickte Karl. „Aber weshalb versteckt er den Fallschirm?"

„Und weshalb versteckt er sich selbst?" Tarzan schirmte mit der Hand die Augen ab und blickte in die Runde. „Oder hat ein anderer den Fallschirm versteckt und — die sterblichen Reste von Smith?"

„Um Himmels willen!" Gaby stockte der Atem. „Du meinst, Smith wurde nach seiner Landung umgebracht? Und der Täter hat dann alles Verräterische beseitigt? Aber wer? Etwa Funke, der Wilddieb? Weshalb?"

„Vielleicht hatte der Pilot den Schatz in der Hosentasche", antwortete Tarzan. Das war nicht ernst gemeint. Aber plötzlich erschien ihm der Gedanke gar nicht so dumm. „Natürlich! Das ist es. Mit dem Schatz hängt's zusammen."

„Und wo ist Smith?" fragte Karl.

Er stand ein paar Meter abseits, hatte sein Fernglas vor den Augen und blickte umher. Dabei drehte er sich langsam. Busch für Busch suchte er die Umgebung ab.

Als er zum Leeren Grab hinüber sah, zuckte er zusammen.

„Achtung!" Er duckte sich. „Funke kommt."

„Funke?" Sofort war Tarzan neben Karl. Er konnte an der Baumgruppe vorbeisehen und erkannte den Kräutersammler mit bloßem Auge.

Gemächlich kam der Mann vom Wildwechsel her. Er trug wieder seinen Overall. Ein gefüllter Rucksack hing ihm auf dem Rücken. Ein Strohhut beschattete das Gesicht. Mit gesenktem Kopf ging er auf das Leere Grab zu.

„Besser, er sieht uns nicht. Aber wir werden ihn beobachten", meinte Tarzan. „Erstmal den Fallschirm verbuddeln."

Er wurde eingegraben, Klößchen besorgte das. Und er machte es gut. Zum Schluß ordnete er das Moos mit soviel Sorgfalt, als baue er eine Sandburg.

Unter den Birken, wo es schattig war und die tiefhängenden Zweige schützten, blieben die Kinder unbemerkt. Sie legten sich ins Heidekraut. Gaby beruhigte Oskar, dem ziemlich heiß war. Er hechelte. Außerdem hatte er vom Buddeln eine schwarze Zunge, und mit seinen verklumpten Pfoten durfte er sicherlich auf keinen Glocknerschen Teppich.

Tarzan hatte das Fernglas übernommen.

Aus nächster Nähe sah er Funkes Gesicht. Jeden Zug, jede Linie konnte er studieren. Und er kam zu dem Schluß, es sei kein gutes Gesicht. Und das nicht nur wegen des starken Verdachts, ein Wilddieb zu sein, und weil er Lisa Moll belästigte.

Funke bückte sich ab und zu, pflückte irgendwelche Kräuter und stopfte sie achtlos in seinen Rucksack.

Deutlich konnte Tarzan erkennen, wie Funkes Blicke hin und her schossen. Seine Augen wieselten geradezu. Das Gesicht drückte aus, daß der Mann äußerst angespannt war.

Jetzt hatte er das Leere Grab erreicht, stellte den Rucksack zu Boden und setzte sich auf den sarkophagähnlichen Felsbrocken. Dabei wandte er den Kindern das Profil zu.

„Den Täter treibt es zum Tatort zurück", flüsterte Gaby — obwohl die Entfernung so groß war, daß sie ganz normal hätte reden können.

„Für das Reh", sagte Tarzan, „interessiert er sich bestimmt nicht mehr. Das ist weg. Der will was anderes. Himmel, aber was? Es muß ein brandheißer Grund sein. Vielleicht... Natürlich! Sein Schlüsselanhänger. Nicht zu fassen! Der bildet sich ein, daß er den im Moor wiederfindet! Da muß man schon Willi heißen und mindestens bei jedem

dritten Schritt eine Bauchlandung machen — und selbst dann wäre das Wiederfinden Zufall.“

„Außerdem sucht er gar nicht“, sagte Klößchen. „Oder hast du bemerkt, daß er auf den Boden glotzt?“

„Hast recht. Wer sucht, benimmt sich anders. Aber jetzt — Moment! Er holt Hartwurst, Brot und eine Matschbanane aus dem Rucksack. Wahrscheinlich will er — wie war das, Willi? — spachteln, mampfen, futtern, schnabulieren, schmausen und acheln?“

„Präpeln und vespern", vervollständigte Klößchen. „Immerhin: Einiges hast du dir gemerkt. Drei plus! Bist noch nicht verloren für die Feinschmecker dieser Welt. Ob der herkommt?"

„Keine Panik. Jetzt mampft er."

Unentwegt hielt Tarzan das Glas an die Augen.

Funke aß. Aber sein Kopf drehte sich unablässig. Aus zusammengekniffenen Augen suchte er mit seinen Blicken die Gegend ab. Auch zu der Baumgruppe sah er her. Aber die Kinder hatten sich gut versteckt.

Funke beendete seinen Imbiß. Tarzan sah, wie er die Reste wegwarf. Jetzt stand er auf. Noch ein mißtrauischer Blick in das weite Rund des Moors. Dann drehte er sich um und packte eine der drei schweren Steinplatten, die — nebeneinanderliegend — die Öffnung des Grabes verschlossen.

Scheinbar mühelos hob Funke den schweren Stein an. Nur etwas freilich. Tarzan sah in Funkes Gesicht. Die Spannung wich. Die Miene drückte Zufriedenheit aus. Er schmunzelte, als sei er beruhigt über das, was er sah. Doch im nächsten Moment öffneten sich seine Augen weit. Auch der Mund klaffe auf. Beinahe wäre ihm der Stein aus den Händen geglitten. Sofort ließ er ihn auf die Öffnung nieder, blieb stocksteif stehen und starrte ins Leere.

„Was macht er denn?" fragte Klößchen.

„Er hat im Grab nachgesehen?"

„Im Grab?" fragte Gaby verwundert. „Wonach sucht er denn da?"

„Keine Ahnung. Aber... Moment mal!" Tarzan ließ das Glas sinken und schnalzte. „Natürlich! Mir geht ein Licht auf — heller als tausend Sonnen. Leute, wir sind doof. Keinen Moment haben wir uns gefragt, womit er das Reh erschossen hat. Bestimmt nicht mit einer Pistole. Aber ein Gewehr ist sperrig. Im Rucksack oder unterm Overall versteckt er das nicht. Außerdem — wenn ihn irgendein

mißtrauischer Grünrock durchsucht, wäre der Beweis gleich mitgeliefert. Was tut also der schlaue Wilddieb? Er läßt seine Knarre im Wald. Wasserdicht verpackt könnte sie im Leeren Grab sogar überwintern."

„Donnerwetter! Du hast recht! Klar! Ist'n Ding! Phantastisch!" redeten die drei durcheinander.

„Und jetzt", sagte Tarzan, „hat er sich überzeugt, ob sein Gewehr noch im Versteck ist. Denn nach der nächtlichen Panne könnte es ja sein, daß Gröbl und die Polizisten sich ein paar Gedanken machen und mal unter die Steine gucken. Aber — ich glaube, sie haben's nicht getan: Weder sich Gedanken gemacht noch unter die Steine geschaut. Aber irgendetwas muß den Funke beunruhigen oder überraschen. Er schaut so komisch".

Tarzan hob das Glas an die Augen.

Funkes Gesicht hatte sich gerötet. Wieder stellte er fest, ob die Luft rein war. Dann kippte er seinen Rucksack aus, stülpte ihn um, bis auch das letzte Kräutlein auf dem Boden lag. Abermals hob er die Steinplatte ab und legte sie auf das massive Ende des Felsblocks. Dann bückte er sich in die Öffnung und holte einen metallisch glänzenden Kasten heraus. Auch der schien nicht leicht zu sein. Er hatte ungefähr die Größe einer Büroschreibmaschine und wurde eiligst von Funke im Rucksack verstaut. Hastig stopfte er noch ein paar Pflanzen hinein — sicherlich zur Tarnung. Dann schnürte er den Rucksack zu, legte die Steinplatte an ihren Platz zurück und huckte sich den Rucksack auf.

Atemlos hatte Tarzan beobachtet. Seine Gedanken überschlugen sich.

„Der hat wohl 'nen ganzen Waffenschrank im Grab", meinte Karl, der mit seinen kurzsichtigen Augen den Vorgang nicht so genau erkannt hatte.

„Das war kein Waffenbehälter", sagte Tarzan. „Das war der Schatz."

Für einen Moment herrschte Schweigen.

Dann kicherte Klößchen.

„Guter Witz!"

„Kein Witz, Willi. Es war die Schatzkiste. So ein kleiner Tresor. Sicherlich aus Stahl."

„Ich glaube, es stimmt." Gaby stemmte sich hoch, um besser sehen zu können. „Wie der rennt! Wer es so eilig hat, nach Hause zu kommen, der will was in Sicherheit bringen."

„Uff!" stöhnte Klößchen. „Momentan fehlt mir der Durchblick. Was war denn nun im Grab? Nur der Schatz? Oder Gewehr und Schatz? Und wer hat den Schatz dort versteckt?"

Tarzan kaute auf seiner Unterlippe herum und dachte angestrengt nach. „Laßt mich mal ins Unreine spinnen: Was ich vorhin sagte, gilt. Deshalb sah Funke im ersten Moment auch ganz zufrieden aus. Als er reinguckte, meine ich. Dann staunte er Bauklötze. Das heißt, er entdeckte den Schatz. Also hat ihn dort ein anderer versteckt? Und dafür, meine ich, kommt nur einer in Frage: Der Pilot Harry Smith."

„Und warum?" fragte Karl.

„Ja, warum? Warum wollte oder konnte er die Schatzkiste nicht mitnehmen?"

Wie gebannt hatten die vier Freunde beobachtet, wie Funke jetzt am Anfang des Wildwechsels hinter den Büschen verschwand.

Sofort sprangen sie auf. Im Laufschritt ging's zum Leeren Grab zurück.

8. Allerlei im Leeren Grab

Die gesammelten Kräuter lagen noch herum. Oskar stürzte sich auf einen Rest Hartwurst und fraß ihn samt Pelle. Über dem Ostteil des Moors stieg ein Hubschrauber auf. Er blitzte in der Sonne und sah aus wie ein riesiges, metallisches Insekt.

„Falls du recht hast, Tarzan", sagte Klößchen, „müßte das Gewehr noch drin sein."

Zu dritt hoben sie die mittlere Steinplatte ab. Sie war nicht so schwer, wie sie geglaubt hatten.

Die dunkle Höhlung tat sich auf. Blätter, Sand und vermoderte Holzstückchen lagen darin. Fauliger Geruch stieg in die Nasen.

Von der Seite her — halb verdeckt von der anderen Steinplatte — ragte ein Gewehrlauf unter die freigelegte Öffnung. Auf der Mündung war eine seltsam klobige Vorrichtung angebracht, armlang und dick wie ein Tau.

„Das scheint ein Schalldämpfer zu sein", sagte Tarzan. „Funke ist Profi und mit allen Wassern gewaschen. Ein Repetiergewehr. Aha! Und das ist ein Scheinwerfer. Damit blendet er nachts das Wild. Höchst unweidmännisch! Aber das paßt zu dem Kerl."

Gewehr und Scheinwerfer waren in Klarsichthüllen verpackt. Die Kinder rührten nichts an.

„Und hier", Tarzan wies unter die andere Steinplatte, „hat die Schatzkiste gestanden. Der Tresor. Man sieht noch genau den Abdruck im Sand."

„Richtigen Durchblick", sagte Klößchen, „habe ich auch jetzt noch nicht. Funke hat den Schatz also zufällig gefunden. Aber wie sind denn Gewehr und Schatz zusammengekommen?"

„Zwei", sagte Tarzan, „hatten die gleiche Idee: Das Leere Grab als Versteck benutzen. Und wir, Leute, saßen drauf und ahnten nichts. Jedenfalls: Der eine war Funke, der andere — der Pilot Harry Smith. Mit dem Fallschirm kam er runter. Und den Tresor hatte er bei sich. Das war vorletzte Nacht gegen zwei Uhr. Aus irgendwelchen Gründen konnte oder wollte er den Tresor nicht mitnehmen. Und war sicherlich ganz froh, daß er so ein tolles Versteck fand. Den Fallschirm hat er dort hinten verbuddelt. Vielleicht weil er dort gelandet ist."

„Aber wieso hat er das Gewehr nicht bemerkt?" fragte Gaby.

„Es war Nacht. Außerdem wurde der Tresor unter der rechten Steinplatte verborgen. Hätte Smith zufällig die linke abgehoben, wäre er auf Funkes Handwerkszeug gestoßen. So aber ahnte der Pilot nicht, daß das Versteck schon zur Hälfte belegt war."

„Schön und gut", meinte Karl und lächelte wie jemand, der die Weisheit mit Löffeln gefressen hat. „Aber leider enthält deine Geschichte einen Denkfehler. Du sagst selbst, das Flugzeug sei am Himmel explodiert. Aber wenn's eine Maschine so zerreißt, kann der Pilot den Fallschirm bestimmt nicht mehr anlegen. Geschweige denn, daß er sich den Tresor grapscht. Das ist einfach unmöglich."

Verblüfft sah Tarzan ihn an. „Karl! Du lieferst das Stichwort. Es wird immer toller! Aber natürlich, das fügt sich ein. Wir kommen der Lösung immer näher. Die Maschine ist explodiert. Klar! Aber der Pilot wußte, wann. Rechtzeitig vorher stieg er aus. Deshalb ist er hier gelandet. Und die Maschine ist dort hinten explodiert. Logisch, wie? Vielleicht war's seine eigene Bombe. Eine mit Zeitzünder! Und das mit den politischen Feinden des Scheichs ist nur Vermutung. Mann, jetzt haben wir aber Durchblick! Ist das nicht Maßarbeit! Und weiter geht's. Ich spinne mal wieder ins Unreine. Widersprecht, wenn ich unglaubwürdig werde. Also — Smith und Tresor zusammen sind für den Fallschirm zu schwer. Die Fallgeschwindigkeit erhöht sich. Runter kommt er zwar — runter kommen sie ja immer! — aber der Unfall ist unabwendbar: Smith bricht sich ein Bein. Deshalb kann er nicht weg von hier. Deshalb muß er den Schatz verstekken. Und sich selbst sicherlich auch. Gegen morgen dann kreuzt Funke auf. Er holt sein Gewehr, bemerkt nichts von der Schatzkiste, schießt das Reh und wird gestört, weil Polizei, Feuerwehr und Technisches Hilfswerk anrücken. Er kann das Reh nicht zur Straße bringen. Also hängt er's nach alter Wilddiebsart in den Baum, versteckt das Gewehr im Leeren Grab — wiederum, ohne den Schatz zu bemerken — und geht seelenruhig nach Hause. Naja, und die vorläufig letzte Szene des Dramas haben wir miterlebt. Jetzt hat Funke den Schatz und kann's wahrscheinlich nicht fassen."

Klößchen hatte staunend mit offenem Mund zugehört.

Karls Miene drückte Zustimmung aus.

Gaby lächelte. „Besser kann sich das keiner zusammenreimen, Tarzan. Du hast messerscharf kombiniert."

Tarzan grinste verlegen. „Halb so schlimm. Ihr wärt auch drauf gekommen. Ich habe es nur als erster ausgesprochen."

Karl riß eine Gerte vom Strauch und klopfte damit gegen sein Hosenbein. „Und was machen wir jetzt?"

„Wir haben alle Trümpfe in der Hand", lachte Tarzan. „Irgendwie werden wir Funke überführen. Und vor allem: Wir holen uns den Schatz. Denn", er griff in die Tasche und hielt Funkes Schlüsselanhänger hoch, „wir können in sein Haus, wann wir wollen. Und da wir nur den Schatz sicherstellen, ist es weder Einbruch noch Diebstahl."

„Dann kriegen wir den Finderlohn", sagte Karl aufgeregt. „Was hatte ich ausgerechnet? 750 000 Mark."

„Aber es geht durch vier", lachte Klößchen.

„Lohnt sich immer noch", sagte Gaby. „Für Oskar beanspruche ich lediglich einen neuen Knochen aus Büffelleder. Ansonsten ist er bei mir beteiligt."

Alle lachten. Dann hatte Klößchen Bedenken, daß die

ganze Geschichte zu gefährlich sein könnte. Karl trug mit gefurchter Stirn und der Logik seines Computergehirns vor, daß das Eindringen in ein fremdes Haus wahrscheinlich doch strafrechtliche Folge hätte.

Aber davon wollte Tarzan nichts hören. „Wir schädigen niemanden. Wir tun nichts Böses. Wir verhindern aber eine Fundunterschlagung. Oder glaubt ihr im Ernst, Funke liefert den Tresor ab?"

Daß er das bestimmt nicht täte, war die einhellige Meinung.

„Natürlich werden wir's so machen, daß Gaby nicht gefährdet wird", sagte Tarzan.

Während er das sagte, stand er an der Schmalseite des Leeren Grabes, hatte das Gesicht nach Westen gewandt und blickte Gaby an. Sie stand mit dem Rücken nach Westen. Dort war die Baumgruppe, dort weitete das Moor sich aus — bis zu einem fernen Waldrand, der als undurchdringliche Wildnis galt.

Ein greller Strahl traf Tarzans Augen.

Das Blitzen kam vom Waldrand her.

Es war, als werde er scherzhaft mit einem Spiegel geblendet, wie das Kinder manchmal machen. Irgend etwas dort hinten reflektierte die Strahlen der Sonne. Sie stand schräg hinter Tarzan — im Süden, aber noch ein bißchen östlich. Denn es war noch nicht hoher Mittag.

„Gib mal das Fernglas", sagte Tarzan rasch und streckte Karl die Hand hin.

Wieder blitzte in der Ferne was auf.

Tarzan sah durch das Glas, korrigierte am Entfernungsring, und der Waldrand rückte auf Armlänge heran.

Ein Mann stand dort. Die Schulter hatte er gegen den hohlen Stamm einer vom Blitz gespaltenen Buche gestemmt. Vor die Augen hielt er ein mächtiges Fernglas — einen Feldstecher mit tassengroßen Linsen. Sie hatten das Sonnenlicht gespiegelt.

Tarzan spürte: Der Mann sah ihn an.

Zumindest sah er zur Gruppe her.

Er schien ein großer Kerl zu sein, trug sportliche Kleidung. Und eine bläulich glänzende — Pilotenjacke.

„Ich sehe was, was ihr nicht seht", sagte Tarzan. „Ist groß, hat einen Feldstecher, weißblonde Haare, zeigt große Neugier für uns und steckt in einer Pilotenjacke. Toll, was?"

„Harry Smith", sagte Klößchen sofort.

„Wo?" Das war Karl.

„Am Waldrand. Moment ... kannst gleich hinglotzen. Er ..."

Tarzan redete nicht weiter. Unverwandt hatten er und der weißblonde Mann sich angestarrt. Jetzt ließ der vermeintliche Harry Smith seinen Feldstecher sinken und wandte sich ab.

Von seinem Gesicht sah Tarzan fast nichts — aber was anderes.

Smith bewegte sich mühsam. Er griff nach einem Knüppel, der an der Buche lehnte, und stützte sich schwer darauf.

Humpelnd verschwand er unter den Bäumen.

„Es stimmt. Es stimmt", haspelte Tarzan. „Ich habe richtig getippt. Er ist verletzt, kann nicht richtig laufen, humpelt, aber ... Teufel noch eins! Der hat uns gesehen. Hat er auch Funke gesehen? Wenn ja, dann weiß er, daß wir den Kräutersammler beobachten konnten. Und daß wir — weil wir hier stehen und das Leere Grab untersuchen — die Zusammenhänge durchschauen. Ein Verbrecher ist der Kerl. Darüber seid ihr euch doch im Klaren? Wer ein Flugzeug vernichtet, um mit dem Schatz des Scheichs abzuhauen — der hat's faustdick hinter den Ohren. Trotzdem ..." Tarzan stockte, kratzte sich in seinen dunklen Locken und zog dann die Unterlippe mit zwei Fingern lang, als wollte er Regen darin auffangen.

„Ja? Und? Trotzdem ...?", fragte Gaby.

„Das mit Smith war ins Unreine gesponnen. Bewiesen ist nichts."

„Trotzdem stimmt's", meinte Karl. „Kann gar nicht anders sein."

„Richtig wohl fühle ich mich immer erst", sagte Tarzan nachdenklich, „wenn eine Sache glasklar ist."

„So glasklar wie Kloßbrühe", ulkte Klößchen. Oder

wie ganz dicke Tinte."

„Ja", Tarzan schlug zur Bekräftigung die Faust in die Hand, „ich mach's."

„O Gott!" sagte Gaby und verdrehte ihre blauen Augen zum Himmel. „Was denn nun schon wieder?"

„Ich überzeuge mich, ob es Smith ist."

„Willst du ihn suchen — dort hinten in der Wildnis?"

„Klar. Mit seiner Verletzung ist der ziemlich hilflos. Kommt nur langsam voran. Den hole ich ein."

Klößchen formte beide Hände zum Fernrohr und hielt sie sich vors rechte Auge. „Ziemlich weit, würde ich sagen. Wenn ich das schaffe, bin ich geschafft, und dann könnt ihr mich nach Hause tragen."

„Brauchst nicht mit", sagte Tarzan. „Niemand kommt mit. Das ist eine Späher-Aktion. Nur für einen. Ihr wartet hier. Lange dauert's bestimmt nicht."

„Wir könnten ja schon zur Höllenmühle gehen", schlug Klößchen vor, „und eisgekühlte Cola trinken, während du als Späher unter sengender Sonne unterwegs bist. So hat dann jeder, wonach er sich sehnt."

„Ich weiß, du verschmachtest sonst." Tarzan lachte. „Also gut, wir treffen uns am Gasthaus."

Gaby zögerte. „Ich weiß nicht. Es ist zu gewagt. Wir sollten in deiner Nähe bleiben."

„Nein, nein! Willi hat schon recht. Im Gasthaus seid ihr besser aufgehoben. Helfen könntet ihr mir sowieso nicht."

Freilich — Tarzan sagte das nur, weil er Gaby nicht in Gefahr wissen wollte. Wie die Dinge sich zuspitzten — für sie wurde es zu gefährlich.

Sie redeten noch ein bißchen hin und her. Aber Tarzan überzeugte Gaby, und die drei zogen mit Oskar in Richtung Wildwechsel ab. Tarzan fiel in leichten Trab und hielt auf die Baumgruppe zu. Zweimal sah er zurück. Jedesmal war Gaby stehengeblieben. Sie blickte ihm nach und winkte, als würden sie sich dieses Jahr nicht mehr wiedersehen.

Tarzan erreichte die Baumgruppe. Geländelauf in der Hitze — da schwitzte man wie in einer Sauna. Hinter der Baumgruppe wurde der Boden noch schwerer. Ganze Berge von fauligem Knüppelholz lagen herum. Einmal hätte Tarzan sich fast den Knöchel verknackst — als er von einem glitschigen Stein abrutschte. Aber sofort verlegte er das Körpergewicht auf den anderen Fuß, und der Knöchel blieb heil.

Als er sich dem Waldrand bis auf etwa 150 Meter genähert hatte, blieb er stehen. Vor den Bäumen schien die Luft zu wabern. Fliegen summten. Wo Blüten waren, tummelten sich Bienen und Hummeln. Ab und zu knackte irgendwo Holz, und im Wald schrie ein Eichelhäher. Sonst war es still. Auch der Hubschrauber auf der anderen Seite des Moors war wieder gelandet.

Wo steckt Harry Smith? dachte Tarzan. Ist er unter den Bäumen? Sieht er mich? Oder hat er sich in einen Unterschlupf verzogen?

Ohne Hast lief er weiter. Der Boden wurde fester. Breites Gras mit so scharfen Rändern, daß man sich daran schneiden konnte, wuchs hier. Auf den letzten Metern vor dem Waldrand gedieh ein Meer kniehoher Halme. Wie wogender Weizen standen sie im Sonnenlicht, zart wie Filigran und vom Sommerwind umspielt.

Tarzan steuerte auf die vom Blitz zerstörte Buche zu. Dort hatte der weißblonde Mann gestanden.

Der Wald war wie eine Wand. Hoch standen die Tannen und Fichten nicht. Aber sie hatten sich zum Dickicht zusammengeschlossen, und wo eine Lücke gewesen war, füllten dornige Sträucher das letzte bißchen Platz aus. Da war kein Durchkommen.

Aber wo ist der Mann geblieben? überlegte Tarzan. Gesehen habe ich ihn. Das war keine Einbildung und schon gar keine Fata Morgana *(Trugbild durch Luftspiegelung)*. Hinter die Buche ist er, und dann . . .

Jetzt war er bis auf wenige Meter heran. Er sah den Pfad. Noch ein Wildwechsel. Er mündete hinter der Buche, und dort war Schatten.

Na also, dachte Tarzan. Da können wir uns ja nicht verfehlen, Mr. Smith!

Bei der Buche blieb er stehen. Ihr Stamm vermoderte. Käfer krabbelten auf der toten Rinde. Auf dem Boden war das Gras niedergetreten — nicht vom Wild, sondern von Schuhen. Dort lagen Zigarettenreste. Tarzan berührte die Asche. Bei einigen Stummeln fühlte sie sich warm an. Hatte Smith hier längere Zeit gestanden? Vielleicht auf dem Boden gehockt und geraucht? Offenbar. Dann hatte er also alles beobachtet.

Vorsichtig folgte Tarzan dem Wildwechsel. Er war schmal. Die Zweige berührten seine Schultern. An einigen Stellen mußte er sich durchzwängen. Leider verlief der Pfad in Windungen. Deshalb konnte der Junge immer nur eine kurze Strecke überblicken — selten mehr als zehn Meter.

Während er lautlos vorwärts pirschte, waren alle Sinne gespannt, und er hörte das Rauschen sofort. Zweige streiften über Kleidung, weil jemand sich durch die Büsche schob. Die Person kam Tarzan entgegen, mußte bereits hinter der nächsten Biegung sein. Jetzt ein Hüsteln.

Tarzan verharrte. Nach rechts oder links ausweichen konnte er nicht. Sicherlich — er hätte sich auf den Boden werfen und unter die Farne robben können. Aber das kam nicht in Frage. Er wollte feststellen, ob es wirklich Harry Smith war. Also mußte er ihn anreden.

Jetzt bewegten sich die Zweige, die den Wildwechsel an dieser Stelle wie einen Vorhang abschlossen. Dahinter huschte eine Gestalt. Hände griffen in die Zweige, drückten sie zur Seite, die Gestalt kam hervor — sah Tarzan und blieb wie angewurzelt stehen.

Auch Tarzan war überrascht.

Stulla, den zweimetergroßen Penner mit seinen geklauten

Klamotten, den hatte er hier nicht erwartet.

Sein Mauleselgesicht war gerötet. Schweiß tropfte aus dem struppigen Bart.

„He!" schrie er Tarzan an. „Was suchst du hier?"

„Sie haben Ihren Bezirk aber ganz schön ausgedehnt", sagte Tarzan. „Suchen Sie doch zur Abwechslung mal vor dem Rathaus! Vielleicht liegt die Schatzkiste dort."

„Was du hier suchst, will ich wissen!"

Tarzan lachte ihn an. „Pilze! Was denn sonst?"

„Du lügst! Du . . ." Er stockte.

„Ja? Was wollten Sie denn sagen? Ist es für Pilze noch zu früh? Sie haben recht. Das Sammeln lohnt sich erst in einigen Wochen. Naja, dann setze ich mich auf einen Baumstumpf und warte solange."

Der riesenhafte, dürre Vagabund kam auf Tarzan zu. „Ich frage dich nur noch einmal, was du hier suchst!"

„Gestatten Sie, daß ich mal was frage, Herr Stulla: Ist Ihnen zufällig jemand begegnet?"

Stulla begann mit den Augäpfeln zu rollen, wie es seine Gewohnheit war. Freilich wußte man nie, ob er damit Tollwut, Unverständnis oder Heiterkeit andeuten wollte.

„Begegnet? Hier? Wem denn?"

„Das frage ich Sie?"

„Hier ... hier gibt's doch niemanden!"

„Wir beide sind doch auch da."

„Hier gibt's nur Wild."

Tarzan legte den Kopf schief. „Sind Sie etwa Schlingensteller?"

„Das ist unerhört! Eine Frechheit! Du Lümmel!"

„Hatte der Mann, dem Sie begegnet sind, Herr Stulla, weißblonde Haare? Trug er eine blaue Pilotenjacke? Humpelt er und war er auf einen Stock gestützt?"

„Niemandem bin ich begegnet. Niemandem. Ich ... ich ... wollte wandern. Bei dem schönen Wetter, nicht wahr?"

„Klar", sagte Tarzan grinsend. „Ist gesund. Und das Wetter muß man ausnutzen. Na, dann auf Wiedersehen! Und viel Glück bei der Schatzsuche. Passen Sie gut auf, daß niemand in Ihrem Bezirk sucht. Da liegt nämlich allerhand rum."

Tarzan machte kehrt und trabte zurück. Überraschenderweise unternahm Stulla nichts. Weder versuchte er, Tarzan aufzuhalten, noch wollte er ihm etwas tun. Er blieb einfach stehen, sein trübes Pennergehirn arbeitete zu langsam. Tarzan hörte nur einen gegrunzten Fluch, als er weiterlief.

9. Schnaps am Kiosk

Im Biergarten der Höllenmühle drängten sich die Ausflügler. Nur noch wenige Tische waren frei. Lisa hatte alle Hände voll zu tun. Auch Keipner, der faßbäuchige Wirt, servierte. Schwitzend eilte er hin und her.

Gaby, Karl und Klößchen saßen an einem kleinen Tisch in der Sonne zuzzelten Limonade durch Strohhalme und hatten besorgte Mienen. Erst als sie Tarzan sahen, hellten die Gesichter sich auf.

Er trabte heran, war ziemlich verschwitzt und plumpste auf den einzigen freien Stuhl. Oskar sprang sofort an ihm hoch und leckte seinen nackten Unterarm ab.

„Uff!" sagte er. „Jetzt habe ich Durst. Und der ist ehrlich erworben. Waldläufer gibt's viele, Geländeläufer auch. Aber Moorläufer? Vielleicht bin ich der einzige. Und wer konkurrenzlos ist, darf sich Weltmeister nennen."

Gaby schob ihm ihr halbvolles Glas hin. „Kannste austrinken."

„Du bist zu gut zu mir", sagte Tarzan und leerte es auf einen Zug. „Kriegst es gleich zurück. Bedient Lisa hier?"

„Tut sie", sagte Klößchen. „Aber was war nun? Hast du Smith gesehen?"

„Smith nicht, aber Stulla. Ob ihr's glaubt oder nicht — die beiden stecken unter einer Decke. Um *den* Komplicen beneide ich Smith nicht. Eine Laus im Pelz wäre nützlicher. Aber Smith braucht Hilfe. Sonst verhungert er da draußen. Sicherlich hat er Stulla deshalb zu seinem Laufburschen gemacht. Sollte mich nicht wundern, wenn der ihn mit allem verpflegt, einschließlich Krücken und Gipsverband. Vielleicht hat Smith ihm dafür eine Beteiligung an dem Schatz versprochen."

Die drei staunten.

Tarzan berichtete Einzelheiten und fuhr dann fort: „Damit verschärft sich die Situation. Smith ist ein englischer Pilot, der von einem arabischen Flughafen nach Paris unterwegs war. Seine Notlandung per Explosion ist sicherlich ein großes Betrugsmanöver. Smith will den Scheich um den Schmuck prellen. Daß die Bauchlandung sich im Soiner Moor vollzog, wird wohl zufällig sein. Smith kennt niemanden hier — vermute ich. Aber Stulla ist seit 30 Jahren ortskundig. Bestimmt kennt er Funke. Und uns sowieso. Das heißt, Smith erfährt durch ihn, wer jetzt den Schatz hat. Und wer wir sind. Denn als Augenzeugen gehören wir bestimmt nicht zu seinen Lieblingen."

„Da sind wir wiedermal in was reingerasselt", stöhnte Klößchen.

In diesem Moment kam Lisa an den Tisch. „Habt ihr schon das Neueste gehört?" fragte sie und lachte über ihr rundes Gesicht. „Gröbl, der Jagdpächter, hat gestern abend versucht, einen Wilddieb zu stellen. Der hatte ein Reh erlegt und versteckt. Beim Versteck hat Gröbl sich auf die Lauer gelegt. Als dann der Wilddieb kam, hat Gröbl auf ihn geschossen — aber vorbei. Das ist seine Spezialität. Dann kam er hierher und holte Polizei als Verstärkung, denn der Wilddieb hatte sich natürlich verkrümelt. Aber bei dem Versteck erlebten alle eine große Überraschung: Das Reh war verschwunden."

„Nicht zu fassen!" meinte Klößchen und patschte sich auf die Schenkel. „Sachen gibt's, die gibt's gar nicht!"

„Muß ja ein dreister Kerl sein, dieser Wilddieb", sagte Karl.

„Wer das wohl ist?" Tarzan lächelte. „Ich wußte gar nicht, daß es hier Wilddiebe gibt. Dachte immer, Leute wie Gröbl besorgen das Abschießen: Wenn er auch meistens nicht trifft — ich könnte mir vorstellen, daß die Rehe sich totlachen, wenn sie ihn sehen."

„Heute nacht haben sogar die Polizisten gelacht", sagte Lisa. „Aber erst, als er weg war. Jetzt sitzt er dort hinten und schüttet Schnäpse auf seinen Zorn. Was ist denn nun mit Funke?"

„Pst!" machte Tarzan. „Nicht so laut. Ich kann noch nichts verraten. Aber du erfährst es bestimmt."

„Hoffentlich! Und hoffentlich ist es was, womit ich ihn auf Abstand halten kann. Bei schlechtem Wetter hockt der hier sogar in der Küche rum. Und palavert mit dem Chef. Dann muß ich jedesmal einen Bogen um ihn machen. Um Funke, meine ich."

Tarzan bestellte eine Limonade bei Lisa und erhielt sie so schnell, daß die Leute am Nachbartisch ärgerlich schauten. Sie waren vor Tarzan gekommen und warteten immer noch auf ihre Erfrischung.

Klößchen hatte irgendwo eine Speisekarte erwischt und studierte das Angebot.

„Hirschgoulasch mit Spätzle und Preiselbeeren — darauf hätte ich jetzt Appetit. Sollen ja tolle Portionen sein, die man hier kriegt. Kann mir jemand Geld borgen?"

Sie machten Kassensturz und stellten fest: Es reichte gerade für die Limonaden. An ein Trinkgeld für Lisa war ohnehin nicht zu denken. Klößchen wurde vor Enttäuschung ganz blaß. Woraufhin Gaby mitleidsvoll einen Semmelkorb von einem anderen Nachbarstisch nahm — an dem niemand saß — und Bröckchen abbrach. Klößchen und Oskar wurden dann abwechselnd gefüttert. Oskar nahm das gelassen hin. Klößchen machte Männchen. Tarzan und Karl hielten sich die Bäuche vor Lachen. Klößchen meinte zwar, er fände es demütigend, zusammen mit Oskar sozusagen aus derselben Schüssel zu fressen. Trotzdem nahm er jeden Bissen und kaute noch schneller als der Hund.

„Fällt euch eigentlich auf", fragte Karl, „daß wir von dem Flugzeugwrack wieder nichts gesehen haben? Wahrscheinlich sind wir die einzigen in der Stadt, die zwar stundenlang im Moor rumtappen, aber die Absturzstelle nicht kennen."

„Ist doch egal", sagte Tarzan. „Wenn's um höhere Ziele

geht, kann ich meine Sensationslust bezähmen. Was wir erlebt haben, davon lassen andere sich nichts träumen. Im übrigen sollten wir uns allmählich auf die Socken machen. Oder habt ihr Funke vergessen?"

„Willst du jetzt zu ihm hin?" fragte Gaby.

„Zu seiner Wohnung", nickte Tarzan. „Mal die Lage peilen und die Gegend erkunden. Was wir vorhaben, will vorbereitet sein."

Sie bezahlten und brachen auf.

In glühender Hitze radelten sie zur Stadt zurück. Tarzan und Karl zogen beim Fahren die Hemden aus. Die nackten Oberkörper kühlte der Wind. Klößchen getraute sich nicht. Er neigte zu Sonnenbrand. Gaby konnte auf ihr T-shirt beim

besten Willen nicht verzichten. Sie hatte schon zuviel Busen, obwohl sie gerade erst 13 geworden war.

Funke wohnte in der Bricheisen-Straße, wie sie von Lisa wußten. Das war hinter den Schrebergärten.

Zweimal radelten die Kinder die Straße entlang, vorbei an kleinen Grundstücken mit Gemüse- und Obstgärten und bescheidenen Häusern. In den Gärten wuchsen hauptsächlich Küchenkräuter, Kohlköpfe, Johannisbeer- und Stachelbeerbüsche. Man sah auch einige Pflaumenbäume, die gut trugen. Aber natürlich waren die Pflaumen noch nicht reif.

In einer asphaltierten Garageneinfahrt balancierte ein etwa 10jähriger Junge auf einem Skatebord herum. Daß er schon lange übte, aber nicht sehr begabt dafür war, verrieten seine Knie und Ellbogen: Sie waren verpflastert, als hätten sie keinen Fetzen Haut mehr.

In diesem Moment fiel der Junge auf den Hintern, daß es knallte. Mit schmerzverzogenem Gesicht blieb er sitzen. Als der Schmerz nachzulassen schien, ging Tarzan zu ihm hin und fragte, ob er wisse, wo ein Herr Funke wohne.

Der Junge wußte es. Es war das schäbigste Haus — ein Stück die Straße hinunter. Zwei Autowracks ohne Räder lagen im Garten — zehn Jahre alte Modelle, an denen der Rost sich sattfraß.

Zum dritten Mal radelten die Kinder an dem Haus vorbei.

Es war flach und geduckt, als schäme es sich seines verkommenen Aussehens. Von den Wänden war der Putz längst gebröckelt. Eine Dachrinne hing herab. An den Fensterrahmen platzte die Farbe. Aber hinter allen Scheiben waren Gardinen, so daß man nicht hineinsehen konnte.

Aus den Augenwinkeln spähte Tarzan hinüber. Nichts bewegte sich hinter den Gardinen. Niemand war im Garten, die Eingangstür geschlossen. Das konnte bedeuten, daß Funke nicht zu Hause war. Hatte er den Schatz an einen anderen Ort gebracht?

An der Straßenecke hielten die vier Freunde.

„Was ist nun?" fragte Klößchen. „Wollen wir gleich nachsehen?"

Tarzan schüttelte den Kopf. „Ich bin dafür, daß wir systematisch vorgehen. Erstmal zu Funkes Kiosk am Bahnhof und sehen, ob er dort ist."

Die anderen stimmten zu, und sie fuhren los, ließen sich aber Zeit. Denn Oskar wurde müde. Er trottete nur noch — hechelnd und mit hängender Zunge.

Auf dem Bahnhofsvorplatz ging es heute ruhig zu. Auch auf den Parkplätzen standen nur wenige Wagen. Funkes Kiosk war den Kindern nicht bekannt, weil sie bisher nie darauf geachtet hatten. Sie entdeckten ihn am Anfang einer Seitenstraße, die zu einem kleinen Park führte. Der Kiosk hatte geöffnet. Funkes Rad lehnte an der Rückseite.

Die vier Freunde machten in gebührender Entfernung Halt. Es war besser, wenn sie von Funke nicht bemerkt wurden. Tarzan ließ sich Karls Fernglas geben und blickte hinüber, hinter einem geparkten Wagen verborgen.

„Tatsächlich", murmelte er, „Funke sitzt in der Bude."

„Erstaunlich für jemanden, der jetzt zu den reichsten Männern der Bundesrepublik gehört", meinte Karl. „Jedenfalls muß er sich dafür halten."

„Aber er darf's nicht zeigen", erwiderte Tarzan. „Und wie lautet die Ganovenregel Nr. 1? Nach dem Coup weiterleben wie vorher, als wäre nichts geschehen."

Tarzan sah, wie zwei Jungs — die höchstens in seinem Alter waren, also 13 oder 14 — zum Kiosk gingen. Niemand war in der Nähe. Trotzdem blickten sich die beiden argwöhnisch um, bevor sie Geld durch das kleine Kioskfenster hineinreichten.

Tarzan konnte erkennen, was sie dafür erhielten: Eine Flasche. Aber in der war weder Limonade noch Mineralwasser, sondern Schnaps.

„Donnerwetter! Scheint zu stimmen, was Lisa sagt. Er verkauft hochprozentigen Alkohol an Jugendliche. Kennt ihr die beiden?"

„Vom Sehen", sagte Karl. „Ich weiß aber nicht, wie sie heißen. Sind, glaube ich, Realschüler."

Der größere der beiden versteckte die Flasche unter seinem Hemd. Dann trollten sie sich durch die Straße in Richtung Park.

„Das will ich genau wissen", sagte Tarzan und gab Karl das Fernglas zurück. „Den beiden gehen wir nach. Wahrscheinlich heben die jetzt einen; und dann hat Funke sich strafbar gemacht. Der scheint überhaupt kein Gewissen zu haben: Wildert, verführt Kinder zum Trinken und unterschlägt den Schatz. Nicht zu glauben!"

Sie folgten den beiden Jungs. Dabei mußten sie ziemlich dicht am Kiosk vorbei. Aber sie fuhren über den Bürgersteig, weil der Kiosk auf der Rückseite kein Fenster hatte. Natürlich war das keine Garantie dafür, unbemerkt zu bleiben.

Der Park in diesem Viertel war nur ein kleiner Grüntupfer, der das graue Häusermeer auflockern sollte, Jasmin-, Rhododendron — und vor allem Fliederbüsche säumten die Kieswege. Das machte die Grünoase völlig unübersichtlich, obgleich sie klein war.

In der Mittagsstille hörte man das Summen der Bienen. Niemand schien hier zu sein. Die vier Freunde schoben ihre Räder. Oskar hechelte. Unter Reifen und Sohlen knirschte der Kies. Dann hörte Tarzan leise Stimmen. Das war im hinteren Teil, wo der Park von einer Straße begrenzt wurde. Die vier gingen darauf zu und fanden die beiden Realschüler. Sie saßen auf einem nur wenige Quadratmeter großen Wiesenstück, das rundum von Büschen eingefaßt war.

Die Flasche, die wasserhellen Kornschnaps enthielt, war schon zu einem Drittel geleert.

Überrascht blickten die beiden auf, als sich die Büsche plötzlich bewegten und unerwarteter Besuch auftauchte.

„He", sagte der Größere mit schwerer Zunge. „Hier ist geschlossene Gesellschaft. Verschwindet!"

Er war ein derber Brocken, vierschrötig, mit stämmigen Beinen und schweren Fäusten. Das rote Gesicht wirkte gedunsen, was sicherlich am Schnaps lag. Er hatte einen dicken Kopf mit fahlblonden Haaren.

Der andere war langaufgeschossen, aber mickrig. Grinsend schielte er zu den vier Freunden hoch. Offenbar kriegte er nicht mehr viel mit. Freundlich hielt er ihnen die Flasche hin.

„Tag!" sagte er. „Wollt . . . wollt ihr . . . ihr auch einen . . . kümmeln?"

Das hätte er nicht anbieten sollen. Wütend riß ihm der Vierschrötige die Flasche aus der Hand.

„Bist du übergeschnappt! Den Korn habe ich bezahlt. Ich bestimme auch, wer mittrinken darf."

„Reg' dich ab!" sagte Tarzan. „Wir hätten sowieso nichts genommen. Wie heißt du?"

Der Vierschrötige stand langsam auf. Er war so groß wie Tarzan, aber sicherlich schwerer. Er stemmte die Hände in die Hüften, reckte das Kinn vor.

„Hast du mich nicht verstanden? Ich sagte, ihr sollt verschwinden." Seine Zunge stolperte ein wenig, aber so betrunken wie der Mickrige war er noch lange nicht.

„Den Schnaps", sagte Tarzan, „habt ihr beim Kiosk gekauft, nicht wahr? Kauft ihr dort regelmäßig? Sicherlich! Und dieser Funke weiß natürlich, daß ihr den Korn nicht für euren lieben Papa holt, sondern für euch. Mann, du bist vielleicht 'ne Pfeife! Hockst dich hierher und säufst — als gäbe es nichts Besseres. Weißt du eigentlich, was du dir damit antust? Du bist doch bestimmt nicht älter als ich."

„Ich weiß nur, was ich *dir* gleich antue, du Angeber! Im übrigen geht's dich einen Dreck an, was ich mache."

„Die Flasche nehmen wir mit", sagte Tarzan. „Das geschieht zu eurem Schutz. Ihr kriegt es sonst fertig und macht die leer. Mit soviel Alkohol im Schädel könnt ihr hier in der Hitze glatt 'nen Gehirnschlag kriegen."

„Du nimmst sie mir nicht weg!" schrie der Vierschrötige, der plötzlich ein puterrotes Gesicht kriegte. Und im selben Augenblick schlug er Tarzan mit der Faust in den Magen.

Das war hinterhältig. Tarzan konnte nur wenig zurückweichen, spannte aber die Rumpfmuskeln an. Trotzdem durchfuhr ihn der Schmerz wie eine heiße Woge.

„Ich hau' dich zusammen!" schrie der Vierschrötige. „Und die andern auch. Ottfried! Los! Drauf auf sie!"

Ottfried — das war offenbar der Mickrige. Aber der glotzte nur verständnislos. Schafsköpfig murmelte er: „Tag! Tag, auch. Wollt ... ihr ... einen ... einen kümmeln?"

Mit einem Wutschrei stürzte sich der Vierschrötige auf Tarzan. Den Mund hatte er aufgerissen, als wollte er beißen. Drohend waren die Fäuste erhoben. Als er sofort mit ganzer Kraft zuschlug, glaubte er schon, gewonnen zu haben — hatte aber nicht mit Tarzan gerechnet.

Gewandt wich der aus. Einen angetrunknen Gegner, der nicht mehr reaktionstüchtig war, hart zu kontern — das widerstrebte ihm. Er hätte es als unfair empfunden. Also wandte er sein mildestes Mittel an: Er stellte dem Vierschrötigen ein Bein.

Der hatte soviel Schwung drauf, daß er nicht bremsen konnte, als er an Tarzan vorbeisauste. Die Fußangel wirkte, als würden ihm die Beine weggerissen. Verstärkend kam hinzu, daß er gleichzeitig einen harten Tritt in den Hintern erhielt — von Tarzan natürlich.

Kopfüber sauste der Junge in die Büsche. Wie eine Rakete verschwand er zwischen Zweigen und Blättern. Als er zappelnd hängen blieb, ragten nur noch die Beine heraus.

Klößchen lachte, klappte aber sofort den Mund zu, als wäre seine Heiterkeit ungebührlich.

Gaby mußte Oskar zurückhalten, der knurrend nach den Beinen des Vierschrötigen schnappen wollte.

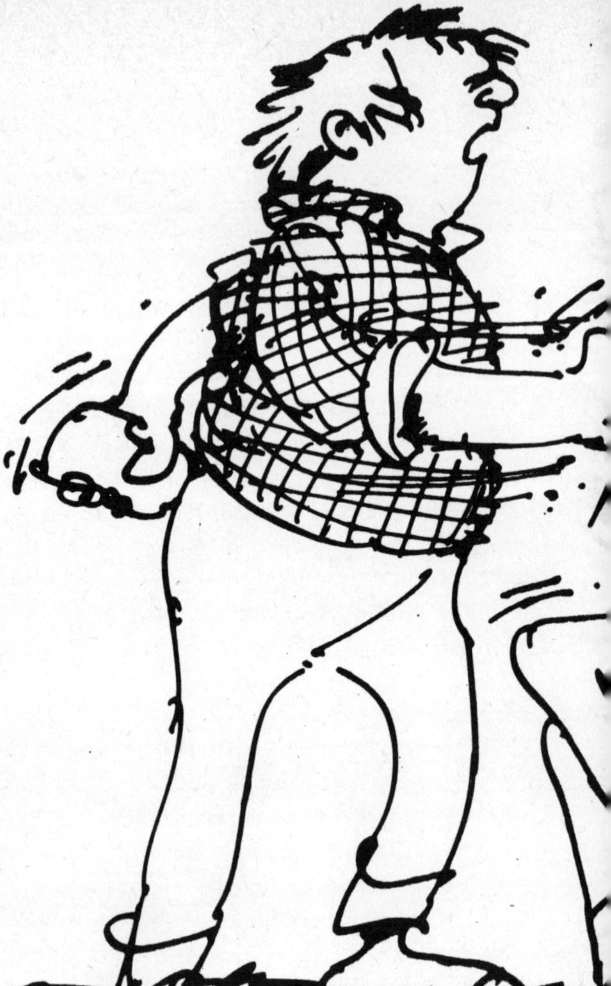

Karl nahm seine Nickelbrille ab und begann die Gläser zu polieren.

„Charly", lallte Ottfried, „was ... suchst du ... denn? Hier ist ... die Flasche. Tag, Freu ... Freunde! Wollt ihr auch ... einen ..."

„Nein!" sagte Tarzan. „Wir wollen keinen kümmeln. Habt ihr den Korn von Funke, Ottfried?"

„Kla ... Klar", meinte Ottfried. „Klar ... wie Korn. Kriegen ... wir doch immer ... von Fun ... Funke. Müß ... te nur kühler sein. Willst du nicht ... doch einen ... kümmeln?"

Tarzan trat zu Charly, der noch zappelnd im Busch steckte. „He, Charly! Alles in Ordnung?"

„Du kannst mich mal!" kam die grimmige Antwort aus den Zweigen.

„Nein, danke! Dann würde ich schon lieber einen ... kümmeln."

Tarzan packte ihn mit beiden Händen am Gürtel, zerrte den schweren Brocken heraus und ließ ihn fallen. Dann hob er die Flasche auf, die im Gras lag.

Mit beseligtem Grinsen sah Ottfried zu. „Jetzt ... kümmelst ... du doch einen, ja?"

Tarzan öffnete den Schraubverschluß und schüttete den Schnaps auf den Boden.

„Geht ... ja alles ... daneben", nuschelte Ottfried bestürzt.

Tarzan ließ die leere Flasche fallen.

„Damit du's richtig siehst, Charly: Ich habe das nicht aus Gemeinheit gemacht. Sondern damit euch nicht noch mehr passiert. Dein Freund ist ja schon völlig hinüber. Und denk mal drüber nach, Charly, ob du für dich und Ottfried nichts Besseres findest. Schnaps ist doch das Letzte für Jungs in unserem Alter!"

Charlys Gesicht war von Zweigen verschrammt. Man sah ihm an: Er kochte vor Wut.

Verstockt starrte er zu Boden. Mit gespreizten Beinen saß er im Gras. Die Fäuste hatte er auf die Schenkel gestemmt.

Tarzan wartete. Aber es kam keine Antwort. Achselzukkend wandte er sich ab. Seine drei Freunde folgten ihm, als er sich durch die Büsche zwängte.

Die Räder lagen auf dem Kiesweg. Sie schoben sie zur Straße. Einen Moment blieben die Freunde dort stehen.

„Eigentlich wollten wir doch nur helfen", sagte Klößchen. „Aber dieser Charly verdient das gar nicht."

„Weißt du, weshalb der Schnaps trinkt?" sagte Tarzan. „Kann sein, er macht's aus Übermut. Und eines Tages geht er dran kaputt. Kann aber auch sein, er hat Probleme, mit denen er nicht fertig wird. Hilfe braucht er bestimmt — so oder so. Auch wenn er ein ekliger Typ ist. Ich frage mich nur, *wie* eklig ist er? Mal sehen! Vielleicht zeigt er's uns."

Was Tarzan meinte, begriffen seine Freunde, als sie wieder am Kiosk vorbeiradelten und auf dem Parkplatz hielten.

Sie brauchten nicht lange zu warten.

Im Laufschritt kam Charly durch die Seitenstraße.

Natürlich sah er die vier. Aber das störte ihn nicht. Am Kiosk blieb er stehen, redete durch das Fenster mit Funke und wies zweimal zu den vier Freunden hin. Für einen Moment beugte sich der Wilddieb soweit aus seinem Fenster, daß sie ihn sehen konnten. Sein Ledergesicht wirkte noch gröber als sonst.

„Mist!" sagte Karl. „Charly petzt. Und jetzt hat uns Funke auf dem Kieker."

„Darauf kommt's nicht mehr an", meinte Gaby. „Ich sage meinem Papi sowieso Bescheid. Die Polizei muß darauf achten, daß Funke keinen Alkohl an Kinder verkauft."

„Wahrscheinlich redet er sich raus", sagte Karl. „Und behauptet, die Kinder würden den Schnaps für ihre Väter holen."

„Trotzdem!" Gaby streichelte Oskar, der nach Hause wollte und leise winselte.

„Jedenfalls hat sich der Weg hierher gelohnt", sagte Tarzan. „Funke ist im Kiosk, sein Haus leer. Also nichts wie hin! Die Schlüssel haben wir. Bestimmt paßt einer zur Tür. Vielleicht finden wir den Schatz."

10. Beinahe ertappt

Am Anfang der Bricheisenstraße hielten sie an. Auf Funkes Grundstück war niemand zu sehen — auch bei seinen Nachbarn nicht. Ein Motorradfahrer kam die Straße herunter, bog ab und verschwand. Benzingestank blieb in der Luft. Der Junge mit seinem Skateboard kurvte jetzt auf der Straße herum — aber das war ziemlich weit entfernt.

„Ich würde sagen", meinte Tarzan, „ihr fahrt bis zu der Bushaltestelle dort hinten. Dort könnt ihr euch hinter den Bäumen verbergen, falls Funke überraschend auftaucht."

„Meinst du, er kommt?" fragte Karl.

„Man kann nie wissen. Weshalb sollte er im Kiosk bleiben? Außer Charly und Ottfried hatte er keine Kunden. Heute ist die Bahnhofsgegend tot. Alles treibt sich im Moor rum. Ich vermute, Funke läßt sich nur deshalb beim Kiosk blicken, weil er jeden Samstagnachmittag dort ist. Er will nicht auffallen. Das ist es."

„Sei bloß vorsichtig!" sagte Gaby. „Eigentlich finde ich's nicht richtig, daß du immer alles allein machst."

„Mache ich ja gar nicht. Ihr seid genauso beteiligt. Aber wenn ich ums Haus schleiche, fällt einer weniger auf als vier mit Hund."

Tarzan stieg vom Rad. „Nimm's bitte mit, Karl. Hier nützt es mir nichts."

Er sah seinen Freunden nach, als sie die Straße entlang radelten. Karl hatte nur eine Hand am Lenker. Mit der anderen führte er Tarzans Rennrad. Gaby sah zweimal zurück. Sogar Oskar vermißte Tarzan und wäre gern zu ihm zurückgetrottet.

Je weiter sich die drei Freunde von Tarzan entfernten, um so stiller wurde die Straße. Nur in den Gärten zankten sich Spatzen. Aber ihr Tschilpen verstärkte die Stille noch.

Tarzan schlenderte den Gehsteig entlang. Als er vor Funkes Haus war, schielte er aus den Augenwinkeln zu den

Fenstern. Nichts rührte sich. Über dem Unkraut, das am Jägerzaun büschelweise blühte, summten Bienen.

Tarzan schlüpfte durchs Gartentor. Es hing schief in den Angeln und ließ sich nicht schließen. Noch ein rascher Blick rundum, dann huschte er am Haus vorbei, mied die Vordertür, kam zur Rückfront und atmete auf. Hier sah ihn niemand. Dicht belaubte Apfelbäume schirmten zu den Nachbargrundstücken ab. Man sah die Dächer, mehr nicht. Außerdem wuchsen hier allerlei Büsche. Es war ein Garten, der sich für ein Geländespiel geeignet hätte. Jedenfalls wucherte alles wild durcheinander.

Die Hintertür war aus Holz und hatte einen Einsatz aus Mattglas. Dahinter war sicherlich ein dunkler Flur — jedenfalls schien es so.

Tarzan zog Funkes Schlüsselanhänger aus der Tasche. Dabei legte er gewohnheitsmäßig eine Hand auf die rostige Klinke. Als er sie niederdrückte, gab die Tür nach. Sie war unverschlossen.

Erstaunt blickte Tarzan in den dämmerigen Flur. War Funke so schusselig, daß er sogar seine Türen offen ließ?

Tarzan zögerte. Ihm war nicht geheuer. Einfach so in ein fremdes Haus eindringen, um nach einem 15-Millionen-Schatz zu suchen — das war schon eine Sache, bei der man feuchte Hände und Herzklopfen kriegen konnte.

Innerlich gab er sich einen Ruck. Den Schlüsselanhänger steckte er in die Tasche. Auf Zehenspitzen trat er in den Flur. Er roch modrig, der Steinboden hätte längst geschrubbt werden müssen. An den Wänden waren Haken befestigt. Drauf hingen schmutzige Overalls, durchschwitzte Hüte und fleckige Hemden. Ein Paar Gummistiefel stand an der Wand.

Vorsicht, dachte Tarzan, ist die Mutter der Porzellankiste. Also . . .

Er hustete vernehmlich.

„Hallo!" rief er halblaut. „Ist hier jemand?"

Natürlich kam keine Antwort. Beruhigt schloß er die Tür hinter sich.

Gerade hatte er die Lippen gespitzt; um vergnügt zu pfeifen — da passierte es.

Ruckartig wurde die Tür am Ende des Flurs geöffnet.

Tarzan erschrak. Für einen Moment stand er stocksteif. Gedanken wirbelten ihm durch den Kopf. Funke? dachte er. Unmöglich! Der kann noch nicht hier sein.

Er war's auch nicht. Sondern eine Frau.

„He!" sagte sie und blinzelte verschlafen zu ihm hin. „Was machst du denn hier?" Mit beiden Händen stopfte sie den Rand ihres Pullis in die Cordjeans.

„Entschuldigung!" Tarzan fing sich sofort. „Habe ich Sie beim Mittagsschlaf gestört? Das täte mir leid. Ich will zu Herrn Funke."

„Der ist nicht da", sagte sie.

Tarzan kannte sie nicht. Woher auch? Sie mochte 30 oder 35 sein und hatte rotes Haar, das ihr ungepflegt wie bei einem Hippie auf die Schultern hing. Das Rot war auch nicht echt, denn am Mittelscheitel wuchs strohiges Blond nach. Die letzte Färbung lag offenbar ein paar Wochen zurück. Die Frau hatte sich Wimpern angeklebt. Als Schattenspender konnten sie's mit einer Schildmütze aufnehmen; und so lang werden echte Wimpern nun wirklich nicht.

Könnte mein Vorteil sein, dachte Tarzan. Vielleicht sieht sie mich mit den Dingern nicht so deutlich.

Bei ihrer Kriegsbemalung — sprich Make up — hatte die Frau mit Farbe nicht gespart. Und an den Ohren klimperten fingerlange Gehänge wie bei einer Zigeunerin.

„Was willst du denn von Funke?" fragte sie gähnend. „Und warum kommst du durch die Hintertür? Vorn war doch offen."

„Ich habe vorn geklopft", sagte er. „Da niemand kam, habe ich's dann an der Hintertür probiert."

„Hättest klingeln sollen. Also, was willst du von Fritz —

von Herrn Funke, meine ich."

„Es ... äh ... geht um meinen Großvater. Meier heißt er. Er hat gehört, daß Herr Funke Kräuter sammelt. Heilkräuter für Tees und so. Er schickt mich, um mal zu fragen, ob er was bekommen könnte."

„Wofür?"

„Seine Galle." Tarzan griff sich an die linke Brustseite — etwa dorthin, wo das Herz liegt. „Seine Galle macht ihm zu schaffen. Und die Tees aus der Apotheke — also, mein Großvater läßt fragen, ob er die Tees vielleicht billiger kriegen könnte."

„Weiß ich nicht. Mußt da mit Fritz reden. Aber — eine Tüte kannst du haben. Komm' mal mit in die Küche. Hast du Geld dabei?"

„Zwei Mark und fünfzig."

„Dafür kann ich dir nicht viel geben. Es ist nämlich 'ne ziemliche Arbeit, die Kräuter zu sammeln und zu trocknen."

Die Küche war der Raum hinter ihr. Auf der Anrichte stapelte sich schmutziges Geschirr. Unter dem Fenster stand eine breite Couch. Eine buntkarierte Decke war zerwühlt. Offenbar hatte die Frau hier ihr Nickerchen gemacht.

Die Fächer eines Regals enthielten gefüllte Papiertüten — mindestens 100. Sie hatten unterschiedliche Größen und waren mit Kugelschreiber beschriftet. Die Frau griff eine der kleinsten Tüten heraus. FUNKES LEBER- UND GALLENTEE stand darauf — in einer Schrift, für die jeder Schüler der 9 b sein Heft um die Ohren gekriegt hätte.

„Macht drei Mark."

„Ich habe aber nur zweifünfzig."

„Dann bringst du den Rest das nächste Mal."

Tarzan bezahlte, erhielt die Tüte und wunderte sich, wie wenig sie wog.

Sein Glück war, daß er in diesem Moment durchs Fenster sah.

Die Küche lag zur Straße. Einen Teil der Bricheisenstraße konnte man von hier überblicken.

Eisiger Schreck durchfuhr Tarzan. Funke radelte auf der Straße heran, war schon in Höhe des Hauses und verschwand in dieser Sekunde aus dem Blickfeld.

„Da kommt er ja", sagte die Frau. Auch sie hatte ihn gesehen. „Jetzt kannst du mit ihm reden."

„Ja. Sehr schön. Das heißt..." Tarzans Stimme war heiser. „Dürfte ich nur mal schnell nach meinem Hund sehen? Ich habe ihn im Garten gelassen. Wen er nicht kennt, dem zerreißt er die Hosen. Bin gleich wieder da."

Mit seiner Tüte sauste er durch den Flur zur Hintertür. Auf Sekunden kam es jetzt an — vielleicht auf Bruchteile.

„Weshalb denn so eilig?" rief die Frau. „Fritz wird mit jedem Köter fertig."

Tarzan stieß die Hintertür auf und sah in den Garten. Funke war noch nicht da, würde aber jeden Moment auftauchen, denn sicherlich stellte er sein Rad auf der Rückseite ab.

Tarzan flitzte hinaus, warf die Tür zu, entschied sich blitzschnell, war mit drei Sprüngen hinter einem dichten Johannisbeer-Strauch und warf sich zu Boden. In kniehohes Gras gestreckt, lugte er durch die Zweige.

Es war keine Sekunde zu früh gewesen, und er hätte auch keine Zeit mehr gehabt, ums Haus herumzulaufen.

Funke bog um die Ecke. Er schob seinen Drahtesel, stellte ihn an die Wand, räusperte sich, spuckte aus, rieb sich mit der linken Hand in seinem Ledergesicht und trat durch die Hintertür. Gepäck hatte er nicht bei sich — weder Rucksack noch Tasche.

Tarzan überlegte. Jetzt abhauen? Oder — falls Funke mißtrauisch wurde und nach ihm suchte — liegenbleiben und abwarten? Er entschied sich fürs Bleiben.

Keine Minute verging, und Funke kam aus dem Haus. Er rannte fast, hastete zur Ecke, blieb stehen, guckte umher, ging dann zum Tor. Tarzan konnte ihn nicht mehr sehen.

Der wundert sich, dachte er, wohin ich mich so rasch verkrümelt habe — mit meiner Bestie von Hund.

Da hörte er Funkes heisere Stimme. „Hallo, ihr da!" rief er. „Ja, ihr."

„Meinen Sie uns?" fragte Karl. Er war wohl ganz in der Nähe. Aber Büsche und Bäume verstellten Tarzan die Sicht.

So ein Mist! dachte er besorgt. Gaby, Karl und Klößchen haben Funke gesehen. Warnen konnten sie mich nicht. Aber sie sind hergekommen.

„Klar, meine ich euch", sagte Funke. „Oder siehst du noch jemanden. Habt ihr einen Jungen gesehen — mit 'nem Hund. Muß eben hier rausgekommen sein. Etwa 15 Jahre — so ein Braungebrannter mit dunklen Locken."

„Nee, wir haben keinen gesehen", antwortete Karl. Seine Stimme kiekste vor Aufregung. Wohl war ihm offenbar nicht.

„Was . . . was für einen Hund hatte er denn?"

„Keine Ahnung. Irgend so ein bissiges Vieh. Entweder ihr habt ihn gesehen oder nicht, aber . . . Moment mal! Euch kenne ich doch. Ihr wart vorhin auf dem Parkplatz beim Bahnhof. Und gestern in der Höllenmühle."

„Wo? Nein. In der Hölle waren wir noch nie und . . ."

„Das Gasthaus am Moor, meine ich, Bengel! Und jetzt erinnere ich mich genau. Da war so ein Typ bei euch. Das kann er gewesen sein."

„Wir wissen nicht, wen Sie meinen", kiekste Karl. „Oder weißt du das, Willi? Oder du, Gaby? Oskar weiß es auch nicht. Wir sind nämlich meistens zu dritt."

Darauf herrschte Schweigen.

Tarzan konnte sich vorstellen, wie Funke die drei anfunkelte. Was er dann sagte, war geeignet, Tarzan noch mehr zu beunruhigen.

„Und wem gehört das vierte Rad?"

„Wie bitte?" Karl stotterte fast.

„Wem das vierte Rad gehört?" wiederholte Funke in einem Ton, der nichts gutes verriet.

„Mir ... mir, natürlich", schwindelte Karl. „Ich ... eh ... fahre zwar nie gleichzeitig auf zwei Rädern. Aber ... eh ... das hier war kaputt. Eben habe ich 's aus der Reparatur geholt. Stimmt's, Willi?"

„Stimmt", echote Willi. „Es war kaputt. Die Kette sprang dauernd runter."

„Wo", fragte Funke heiser, „war es zur Reparatur?"

Wieder entstand Stille. Unheilvolle Stille. Natürlich kannte Karl in diesem Viertel nicht eine einzige Reparatur-Werkstatt. Und leider war er auch zu verdattert, um sich irgendeinen Namen auszudenken.

„Komm' mal her!" gebot Funke in scharfem Ton. „Komm' her, sage ich! Sonst hole ich dich."

Jetzt muß ich handeln, dachte Tarzan. Er sprang auf. In der Faust hielt er einen tennisballgroßen Stein, den er unter dem Busch gefunden hatte.

Die beiden Autowracks waren nur wenige Meter entfernt. Von Brennesseln umrankt, lagen sie unter einem Apfelbaum: Rostzerfressen, unansehnlich und nicht mal mehr als Schrott zu gebrauchen. Aber jetzt halfen sie Tarzan.

Mit voller Kraft schmetterte er den Stein gegen das Blech.

Es krachte und dröhnte, als werde ein riesiger Gong mit dem Schmiedehammer bearbeitet.

Augenblicklich flitzte Tarzan zur Hausecke. Nicht zu der, wo er Funke in die Arme gelaufen wäre, sondern zu der anderen. Dort wuchsen zwar Sonnenblumen und Sträucher, die das Durchkommen erschwerten, aber einen anderen Weg gab es nicht.

Am Küchenfenster hastete er vorbei. An der vorderen Ecke blieb er stehen und spähte zur Straße.

Seine drei Freunde standen mit ihren Rädern nahe der Gartentür. Ihre Blicke waren in den Teil des Gartens gerichtet, der auf der anderen Seite lag. Sicherlich war Funke sofort nach hinten gerannt, und sie sahen ihm nach.

Tarzan pfiff. Eiligst flankte er über den Zaun.

Sofort waren die drei bei ihm, und er sprang auf sein Rennrad.

„Nichts wie weg!" sagte er.

Sie beeilten sich, konnten aber nicht mit vollem Tempo fahren, denn Oskar war noch müder geworden.

Nach 100 Metern sah Tarzan sich um. Funke war an der Gartentür, machte jetzt kehrt und rannte zurück.

Himmel, der holt sein Rad und kommt uns nach, dachte Tarzan.

„Was war denn los?" keuchte Klößchen.

„Erzähle ich gleich. Erstmal weg."

„Nicht so schnell. Oskar kann sonst nicht mit", rief Gaby.

Bevor sie an der Kreuzung links abbogen, blickte Tarzan wieder zurück.

Seine Vermutung hatte ihn nicht getäuscht. Funke war schon auf der Straße und schwang sich eben aufs Rad.

„Er folgt uns", sagte Tarzan. „Los, wir verstecken uns dort hinter der Plakatwand."

Sie stand rechts der Straße vor einem Baugelände, auf dem Bagger die Gruben für tiefe Kellergeschosse bereits ausgehoben hatten. Bald würden hier wieder mehrere Menschen-Silos mit ein paar hundert Wohnungen entstehen, und ein großer Teil der schönen Schrebergärten war für immer verloren.

Die vier fuhren hinter die Plakatwand, stiegen ab und stellten sich dicht an die Bretter. Sie reichten zwar nicht ganz bis zum Boden. Aber was dort freiblieb, wurde von Unkraut verdeckt. Von der Straße aus konnte man nicht drunter durchsehen.

Gaby stand dicht neben Tarzan. Er konnte den Duft riechen, der aus ihrem Haar stieg, denn obwohl sie für ein Mädchen recht groß war, reichte sie ihm nur bis ans Kinn.

„Mein Gott!" flüsterte sie. „Ist das aufregend. Vor diesem Verbrecher habe ich Angst. Was ist, wenn er uns findet?"

„Was will er uns denn? Haben wir was gemacht? Ich wollte eigentlich nur verhindern, daß er mich sieht. Aber jetzt, wo er euch gesehen und erkannt hat, spielt's keine . . . Pst! Da ist er."

Zwischen den Brettern waren Ritzen. Tarzan preßte ein Auge ans Holz und sah, wie Funke mit vorgerecktem Kopf eiligst heranradelte. Er spähte die Straße hinunter, war rot vor Wut und ahnte offenbar, daß die Kinder sich versteckt hatten. Denn plötzlich machte er halt und setzte einen Fuß auf den Boden. Den Kopf wandte er hierhin und dorthin. Mehrfach blickte er zu der Plakatwand. Tarzan hatte das Gefühl, Funke könne ihn sehen. Aus der Nähe wirkte sein Gesicht noch gemeiner und hinterhältiger als sonst.

Den kümmert es nicht, dachte Tarzan, ob Kinder mit einer Alkoholvergiftung umfallen. Oder ob er einem kleinen Kitz das Muttertier wegschießt. Ein ganz mieser Typ ist das!

„Kommt raus, ihr vier!" sagte Funke. „Oder glaubt ihr, ich wüßte nicht, wo ihr seid."

Klößchen wollte sich schon regen. Aber Tarzan stieß ihm einen Finger in die Rippen und legte den Zeigefinger auf die Lippen.

Funke wartete einen Moment. Dann drehte er sein Rad um und fuhr zurück. Er hatte niemanden gesehen, sondern nur einen Trick versucht.

Die vier Freunde warteten ab. Funke waren noch andere Tricks zuzutrauen. Tarzan wagte sich dann als erster hervor. Die Luft war rein.

11. Wer hat Oskar entführt?

Nachmittagssonne beschien eine Bank. Die vier Freunde hatten sich dort hingesetzt, und Tarzan berichtete.

„Hätte ich geahnt, daß der 'ne Freundin hat!" sagte er abschließend. „Ich dachte, mich laust der Affe, als die Rothaarige plötzlich vor mir stand. Jedenfalls haben wir Funke mißtrauisch gemacht. Insofern war das Unternehmen eine Pleite."

„Wo er wohl den Schatz hat?" meinte Klößchen.

„Im Kiosk bestimmt nicht. Ich vermute, er war zuerst zu Hause. Dann erst ist er zum Bahnhof gefahren. Zeitlich war das drin. Naja, wie auch immer: Wir geben nicht auf." Tarzan lachte. „Heute ist Samstag, und am Samstagabend will die Rothaarige bestimmt ausgehen. Angemalt war sie bereits. Es fehlten nur noch die Lockenwickler. Sobald die beiden weg sind und das Haus dunkel ist, sehe ich mich dort um."

Gaby legte die Hand auf seinen Arm. „Aber sei, um Himmels willen, vorsichtig!"

„Klar", meinte Tarzan und hielt seinen Arm ganz ruhig.

Zwar nahm Gaby die Hand dann doch zurück, aber immerhin . . !

„Wenn du erwischt wirst, kannst du dich immer noch auf deinen Großvater Meier rausreden", lachte Klößchen. „Wo hast du denn die Tüte mit dem Giftzeug?"

„Verloren! Wahrscheinlich liegt sie unter dem Johannisbeerstrauch. Und die zweifünfzig sind auch weg!"

„Sagtest du: Giftzeug?" erkundigte sich Karl, der Computer. Er fragte genau in dem Ton, mit dem er für gewöhnlich zu seinen allwissenden Vorträgen ansetzt.

Klößchen zuckte zusammen. „Willst du etwa andeuten, daß in deinem Computergehirn auch etwas über Kräutertees gespeichert ist?"

„Wozu hätte ich denn sonst mein Gehirn?" nickte Karl.

„Heilpflanzen und Kräuter sind wieder modern, was ihr sicherlich schon gehört habt. Früher war die Kenntnis sehr verbreitet. Man nutzte die Heilkräfte der Natur. Das diente der Gesundheit. Dann kam eine Zeit, in der man nur der Chemie zutraute, wirksame Arzneien zu liefern. Aber heute, wie gesagt, erinnert man sich wieder der Pflanzen. Dabei muß man wissen: Die Wirkstoffe sind nicht in der ganzen Pflanze gleichmäßig verteilt, sondern mal in Blüte, Blatt oder Wurzel, Samen oder Rinde. Das muß berücksichtigt werden, wenn man die Pflanzen sammelt und für Kräutertees trocknet. Außerdem ist es nicht unwichtig, zu welcher Tageszeit man sammelt und in welcher Vegetationsperiode. Niemals bei Regen, Nebel oder feuchtem Wetter sammeln. Und . . ."

„Also auch nicht bei Schnee?" fragte Klößchen.

Alle lachten. Erst da begriff Klößchen, daß ihm — unfreiwillig, wie so oft — ein Witz gelungen war.

„Ich fahre fort", sagte Karl sodann. „Der frühe Vormittag nach dem Trocknen des Morgentaus ist die beste Sammelzeit. Blätter muß man in jungem Zustand sammeln; Blüten, sobald sie voll erblüht sind; ganze Kräuter zu Beginn der Blütezeit; und Früchte nach dem Ausreifen. Wurzeln gräbt man im Frühjahr oder im Spätherbst. Rinde schält man von jungen Trieben im Frühjahr. Trocknen kann man das Sammelgut an einem luftigen und schattigen Ort. Aber auch bei künstlicher Wärme, wobei die Temperatur bei stark duftenden Pflanzen 35 Grad nicht übersteigen sollte. Bei anderen Pflanzen kann man bis zu 60 Grad gehen."

„Hoffentlich hält sich Funke daran", sagte Gaby. „Naja, Tarzan, deine zweifünfzig sind sowieso futsch."

„Bis jetzt", sagte Klößchen, „hast du nur von der Technik erzählt, Karl. Aber wonach bückt sich denn Funke nun, wenn er durch Wald und Feld streift — und durchs Moor, natürlich? Daß er Rehe aufliest, die am Wegesrand stehen, wissen wir ja nun schon. Aber was kommt denn sonst noch alles in den Rucksack?"

„Das füllt Bücher", erwiderte Karl. „Ich erinnere nur an Ackerschachtelhalm, Birkenblätter, Kamille, Bruchkraut, Bohnenschalen, Hauhechel, Löwenzahn, Wacholder, Quekke, Fieberklee, Pestwurz, Holunderblüten, Schafgarbe, Tausendgüldenkraut, Lindenblüten ..."

„Wirst du vor Mitternacht fertig?" fragte Tarzan. „Oder handelt es sich um einen längeren Vortrag?"

Karl grinste. „Abschließend möchte ich nur noch erwähnen, daß du deinem Großvater Müller ..."

„Ich glaube, ich habe ihn Meier getauft", lachte Tarzan.

„... daß du ihm Schwarzrettich — und Löwenzahnsaft empfehlen solltest. Das hilft seiner Galle. Ist krampflösend und funktionsstärkend."

„Ich werde es ihm ausrichten." Er hielt Gaby die Uhr hin, weil sie wissen wollte, wie spät es war.

Sofort stand sie auf. „Ich muß nach Hause. Meine Mutti will mit mir Obstkuchen backen."

„Du hast es gut", seufzte Klößchen. „Wann wird der denn angeschnitten?"

„Erst morgen nachmittag", sagte sie lachend. „Wenn mein Papi aus dem Dienst kommt. An diesem Wochenende hat er im Präsidium Bereitschaftsdienst. Aber dir, Willi, bringe ich ein Stück mit. Apfel- oder Kirschkuchen?"

Klößchen verdrehte die Augen. „Wenn's ginge, beides."

„Wenn's ginge", ahmte Tarzan seinen Tonfall nach, „bitte den ganzen Kuchen. Nein, beide! Und eine Schüssel mit Schlagsahne. Anschließend natürlich zwei bis drei Tafeln Schokolade. Stimmt's, Willi, oder habe ich recht?"

„Wie gut du micht kennst", erwiderte Klößchen. „Besser als meine Mutter." Und das stimmte — zumindest was das Essen betraf; denn von Willis Naschsucht hatte Frau Sauerlich keinen Schimmer. Sie hielt ihn für drüsenkrank, wie seinen Vater.

Die Jungs brachten Gaby nach Hause. Daß sie heute abend

nicht dabei sein würde, war klar. Denn — wie Tarzan zu sagen pflegte — nach Einbruch der Dunkelheit gehören Mädchen ins Haus; zumal die gefährlichen Unternehmungen meistens im Freien stattfinden.

Tarzan, Willi und Karl fuhren zu den Sauerlichs.

Auf der Rückseite der Villa war vor kurzem ein Anbau fertig geworden: Das private Hallenbad der Familie Sauerlich — zugänglich nur für Familienmitglieder, Hausangestellte und Klößchens Freunde. Das Wasser war so sauber, daß man damit gurgeln konnte. Die meerblauen Kacheln leuchteten herrlich. Die Front zur Gartenseite war gänzlich aus Glas. Und diese Glasfront ließ sich zu zwei Drittel öffnen. Das vermittelte beim Schwimmen den Eindruck, man wäre im Freien. Natürlich verirrten sich viele Schmetterlinge, Fliegen und Bienen herein. Außerdem auch Mücken und Wespen. Aber das machte den Spaß noch echter.

Nach dem Schwimmen spielten die Jungen Tischtennis. Klößchen verlor jedesmal. Aber er war ein guter Verlierer — auch beim Kartenspielen — und murrte nie. Zwar hatte Tarzan schon oft überlegt, ob es eine freundschaftliche Geste wäre, ihn gewinnen zu lassen. Aber das kam ihm dann doch zu unehrlich vor; und solche Almosen hatte ein netter Kerl wie Klößchen nicht nötig.

Karl fuhr dann nach Hause. Klößchen lag in einem Liegestuhl und schmökerte. Sauerlichs und zwei mit ihnen befreundete Ehepaare saßen auf der Terrasse und tranken Wein. Tarzan war zu Klößchens Bude hinaufgegangen, saß dort am Schreibtisch und verfaßte einen langen Brief an seine Mutter.

Sie wohnte weit weg. Vier Stunden dauerte die Bahnfahrt. Und das Fahrgeld war so teuer, daß seine Mutter es nicht allzu oft aufbringen konnte. Seit dem Tode ihres Mannes mußte sie als Buchhalterin hart arbeiten, um für Tarzan und sich aufzukommen. Trotzdem hatte sie die beste

Schule für ihn ausgesucht. Tarzan wußte das. Und es verpflichtete ihn. Ohne ein Streber zu sein, bemühte er sich. Mit gutem Erfolg. Und in Sport und Mathematik war er sowieso der beste.

Als er jetzt den Brief schrieb, wurde ihm wiedermal bewußt, wie sehr er an seiner Mutter hing. Oft hatte er solche Sehnsucht nach ihr, daß er sich am liebsten aufs Rad geschwungen hätte, um zu ihr zu fahren. Besonders stark war dieses Gefühl immer an den sogenannten Urlaubswochenenden. Dann fuhren die anderen Heimschüler für zwei Tage nach Hause. Tarzan mußte meistens im Internat bleiben — weil er das Fahrgeld nicht hatte. Nur die langen Briefe an seine Mutter trösteten dann ein bißchen. Sie antwortete mit noch längeren Briefen, und so oft es ging, rief sie abends kurz an.

Gerade als Tarzan seinen Brief beendet hatte, stürzte Klößchen aufgeregt herein.

„Komm' mal ans Telefon. Es ist Gaby. Da ist was passiert. Sie heult."

In zwei Sekunden war Tarzan am Apparat.

„Gaby? Ja, was ist?"

Zuerst hörte er nur ihr Schluchzen. Das klang so herzzerreißend, daß er tief Luft holen mußte. Was Gaby bekümmerte, war auch sein Kummer. Da gab es kein Halten mehr. Das mußte aus der Welt.

„Bitte, sag's mir, Gaby."

„Oskar", ihre Stimme zitterte, „ist weg."

„Weg? Was meinst du? Weggelaufen?"

„Ja."

„Unmöglich, Gaby. Der hängt doch an dir wie . . . wie ein drittes Bein."

Aber das heiterte sie nicht auf. „Jemand . . . hat ihn eingefangen", berichtete sie.

„Eingefangen? Ich denke, er ist weggelaufen?"

„Erst weggelaufen." Sie schneuzte sich die Nase. Dann

konnte sie deutlicher sprechen.

„Ich war noch mit ihm im Humboldt-Park. Eben. Er sollte nochmal das Bein heben, bevor wir mit dem Backen beginnen. Weißt ja: Die kleine Grünanlage nicht weit von uns. Dort macht er abends immer sein Geschäft."

„Ich weiß."

„Der Park war leer. Ich ließ Oskar laufen. Plötzlich rannte er dann zu dem anderen Ausgang hin. Den konnte ich von meiner Seite aus nicht sehen, weil die Hecken davor sind und ..."

„Weiß ich doch. Und?"

„Also, Oskar rannte so, wie er sonst nur rennt, wenn er liebestoll ist und irgendwo eine heiße Hündin gewittert hat. Ich rief. Aber er hörte nicht. Als ich dann zu dem anderen Ausgang kam, war er nirgends zu sehen."

„Woher willst du dann wissen, daß er ..."

„Auf der Bank beim Springbrunnen", unterbrach Gaby ihn, „saß eine alte Frau. Das heißt, so alt war sie noch nicht, aber total kurzsichtig. Ich habe sie nach Oskar gefragt. Sie war ganz erstaunt, daß er mir gehört. Sie hat nämlich beobachtet, wie Oskar von einem Mann angelockt wurde. Mit einem kleinen weißen Spitz hat er ihn gelockt. Wahrscheinlich war das eine heiße Hündin. Dann hat er Oskar gepackt und ist mit beiden Hunden unterm Arm zu einem Wagen gelaufen. Der war natürlich längst weg. Oskar hätte gestrampelt, sagte die Frau. Sie hatte geglaubt, der Mann wäre Oskars Herrchen."

Tarzan biß sich auf die Lippen. Grimmig ballte er die Fäuste. Gedanken schossen ihm durch den Kopf.

„Tarzan", schluchzte Gaby, „Ich habe solche Angst. Wenn Oskar was geschieht, das ... das ... dann schnappe ich über."

„Keine Sorge! Was soll ihm denn geschehen? Hunde werden nicht geschlachtet. Da ... hat sich jemand einen Scherz erlaubt und ..."

„Das glaubst du doch selbst nicht. Du denkst doch genauso wie ich, daß was anderes dahinter steckt."

„Hm. Konnte die Frau beschreiben, wie der Kerl aussieht?"

„Eben nicht. Sie hat auch gar nicht auf ihn geachtet. Hat nur gesehen, daß es ein Mann war. Der Spitz hat sie mehr interessiert. Ob das wohl ein Hundefänger war, der die Tiere dann woanders verkauft?" Wieder schluchzte sie. „Ich ... ich will meinen Oskar wiederhaben."

„Du kriegst ihn wieder. Hast du schon deinen Vater verständigt?"

„Es ging nicht. Mutti hat gleich bei ihm angerufen. Er leitet eine Razzia *(überraschende Polizeistreife)* im Bahnhofsviertel. Da haben sich berufsmäßige Glücksspieler eingenistet. Um die geht's. Das kann noch Stunden dauern. Solange ist er nicht zu erreichen. Meine Mutti ist auch völlig verzweifelt. Den Kuchen backen wir nicht. Dazu hat niemand mehr Lust."

„Hm."

„Was ist, Tarzan?"

„Ich denke nach."

„Bitte, dir fällt doch immer was ein. Kannst du nicht ..."

„Klar, Gaby! Aber beruhige dich erstmal. Ich meine, es gibt nur zwei Möglichkeiten."

„Wieso? Schlechte Menschen gibt es zu Tausenden. Du müßtest mal hören, was mein Papi ..."

„Gaby, wir müssen von einer anderen Voraussetzung ausgehen. Wer stiehlt denn heutzutage Hunde? Ausgesetzt werden sie, ja in ungeheurer Zahl. Das ist die Situation. Wer Oskar gestohlen hat, der führt was ganz bestimmtes im Schild. Ich würde sagen, es zielt nicht nur auf dich. Es zielt auch auf Karl, Klößchen und mich. Jemand will uns eins draufgeben, daß wir mit den Ohren schlackern. Jemand, dem wir zu nahe gekommen sind. Jemand, der weiß, daß wir vier zusammengehören. Jemand, der Oskar bei uns gesehen hat. Dieser Jemand brauchte dir nur zu folgen — und schwupp half ihm der Zufall. Leider spielen die Umstände oft den Verbrechern in die Hand. Aber wer kommt als dieser JEMAND in Frage?"

„Funke!" sagte sie aufgeregt. Und Klößchen, der neben Tarzan stand, formte stumm mit den Lippen denselben Namen.

„Funke", nickte Tarzan. „Und Harry Smith, der Pilot. Wobei ebenso gut der Penner Stulla der Hundefänger gewesen sein kann. Beide — ich will mal sagen — Banden kennen uns. Beiden sind wir auf die Zehen getreten. Das ist jetzt die Rache!"

„Dann ... dann", wimmerte Gaby, „wird Oskar von ihnen umgebracht. Mein Gott, hätten wir doch nur nicht ..."

„Nein, nein!" sagte Tarzan. „Umbringen werden sie ihn bestimmt nicht. Das wäre unnötig und sinnlos. Aber sie werden Oskar benutzen, um uns Angst zu machen. Der Schreck steckt uns bereits in den Knochen. Aber das, Gaby, kann nur heißen: Jetzt erst recht. Wenn Oskar bei Funke ist, dann finde ich unser Schlappohr. Heute nacht sehe ich mich dort um. Auch wenn Funke und seine rothaarige Liese im Haus sind. Ist mir völlig egal. Falls ich Oskar dort nicht finde, bin ich bei Tagesanbruch im Moor. Um den Piloten zu suchen. Wenn er und Stulla unseren Oskar haben, dann gnade ihnen Gott. Dann bin ich auch nicht mehr fair."

Gaby schluckte. „Ich weiß überhaupt nicht mehr, was richtig ist."

„Vor allem, Gaby: Was ich bei Funke vorhabe, darf jetzt noch niemand wissen. Ja?"

„Ja", erwiderte sie mit dünner Stimme. „Ich halt' dir die Daumen. Bitte, ruf' an, wenn du Oskar finden solltest. Ganz egal, ob es mitten in der Nacht ist."

„Klar, Gaby! Und halt' die Ohren steif. Wir werden's

schon machen.“ Er legte auf.

„Mann!“ sagte Klößchen. „Das ist ein Ding! Diese Verbrecher! Es kommt immer schlimmer. Das ist ein Hunde-Kidnapping.“

Tarzan nickte. „Aber damit begehen sie — Funke und seine Rothaarige oder Smith und Stulla — einen Riesenfehler. Die wissen nämlich nicht, daß Oskar unser Kumpan ist. Daß er richtig zu uns gehört. Und daß wir nichts — aber auch gar nichts — scheuen, um ihn rauszuhauen. Oskar, unser Schlappohr, ist ein ganz treuer und ganz lieber Hund. Ohne uns ist er hilflos. Deshalb . . .“

Tarzan vollendete den Satz nicht, sondern spuckte in die Hände.

Klößchen nickte. „Denen wird's noch leid tun“, sagte er.

12. Die Ganoven verbünden sich

Gabys zweiter Anruf kam um 19.07 Uhr.

Sie weinte nicht mehr. Aber ihre Stimme klang so klein und piepsig, daß es Tarzan ins Herz schnitt.

„Eben", sagte sie, „hat jemand angerufen. Ein Mann. Aber er hat die Stimme verstellt. Ich könnte nicht sagen, ob es Funke war. Ich war zufällig am Apparat. Mutti ist oben bei Grützners. Der Mann fragte, ob ich das Mädchen mit dem Cocker Spaniel wäre. Bin ich, sagte ich. Ganz drohend hat er darauf gesagt: Wenn ihr ein Wort — nur ein einziges Wort über die Sache verliert, dann siehst du deinen Hund lebend nicht wieder. Das hat er gesagt, Tarzan. Und dann sofort aufgelegt. Ich konnte nichts fragen. Ich... war auch wie gelähmt. Was meint der nur?"

„Wie ich's mir dachte", sagte Tarzan. Er war ruhig wie ein Stück Holz. Kaltblütig bleiben, das war jetzt die Hauptsache. „Funke weiß nicht, daß wir beobachtet haben, wie er den Schatz fand. Aber er weiß, daß wir ihn anzeigen können, weil er Alkohol an Kinder verkauft. Das zum Beispiel könnte mit *der Sache* gemeint sein. Oder — falls Smith und Stulla dahinterstecken — die Tatsache, daß wir den Piloten entdeckt und beim Leeren Grab Beobachtungen gemacht haben. Jedenfalls — wir sollen den Mund halten. Gut, das werden wir auch. Hast du deiner Mutti was erzählt?"

„Nein", hauchte Gaby, „noch nicht. Ich wollte euch nicht in den Rücken fallen. Und Mutti nicht zu sehr aufregen. Erst sollte mein Papi... Aber er ist noch nicht zurück."

Tarzan überlegte einen Moment. „Lügen kommt nicht in Frage", meinte er dann. „Dein Vater ist unser bester Freund und hat uns immer prima geholfen. Erzähl' ihm alles, wie es ist. Nur, daß ich mich nachher bei Funke umsehe — naja, kannst es andeuten. Wir hätten sowas vor, ja?"

„Wahrscheinlich wird es sowieso ganz spät", erwiderte Gaby.

„Um so besser. Denn dann ist die Sache gelaufen. Bis nachher also, Gaby. Ich rufe an."

Wiedermal verging die Zeit im Schneckentempo. Das Abendessen wurde zu viert eingenommen — mit Klößchens Eltern. Natürlich gab's vegetarische Kost, und Tarzan fühlte sich wie ein Karnickel.

Funkes Kräutertees, dachte er, fehlen hier noch. Aber wer weiß! Vielleicht bezieht Frau Sauerlich schon seit langem Löwenzahn, Pestwurz und Holunder für ihre Köstlichkeiten ahnungslos von unserem lieben Fritz Funke.

Nach dem Essen gingen die Jungs auf Klößchens Zimmer, wo die Köchin Schinkenbrote auf den Tisch gestellt hatte. Herr Sauerlich kam diesmal nicht. Im Fernsehen begann ein interessanter Film, und Frau Sauerlich bestand darauf, daß ihr Mann von Anfang an dabei war. „Sonst muß ich dir wieder alles erzählen", hatte sie gesagt. Herr Sauerlich, fügsam wie er war, ließ jetzt den Film mit knurrendem Magen über sich ergehen. Vermutlich würde er um Mitternacht in die Küche schleichen.

Als Frau Sauerlich um zehn Uhr Gute Nacht wünschte, lagen die Jungs im Bett. Fünf Minuten später hatten sie dieselben dunklen Sachen angezogen wie gestern abend. Klößchen nahm auch wieder seine ulkige Kappe, mit der er heute noch komischer aussah. Aber das lag wohl mehr an der grimmigen Entschlossenheit seiner Miene.

Heimlich verließen die beiden das Haus. Vor einem Kino trafen sie sich mit Karl. Die Nacht war mondlos und dunkel, aber lau. Als sie zur Bricheisenstraße fuhren, kreuzte ein Streifenwagen der Polizei ihren Weg. Und die drei fühlten sich wie Einbrecher, die zu einem nächtlichen Coup unterwegs waren.

Tarzan wußte, daß es gefährlich werden konnte. In gewisser Weise war Funke gewarnt. Falls er Oskar entführt hatte, würde er vielleicht sogar mit nächtlichem Besuch rechnen. Allerdings — daß die Kinder seine Schlüssel hatten, konnte er nicht wissen. Klößchens Fund war ein irrer Zufall gewesen.

Am Anfang der Bricheisenstraße hielten sie.

Einige Laternen brannten. Motten umflatterten das gelbe Licht, die Nacht war voll von Blütenduft, und irgendwo in einem Stall gackerte ein Huhn im Schlaf.

„Stockdunkel", sagte Karl leise. Und meinte Funkes Haus.

Es verschmolz mit der Nacht, denn die nächste Laterne stand ein ganzes Stück entfernt.

Vorteilhaft! dachte Tarzan. Niemand sieht mich, wenn ich zur Hintertür schleiche. Und die beiden sind tatsächlich ausgegangen. Oder? Schlafen sie schon? Jetzt um halb elf? Nie! Aber vielleicht sitzen sie im Dunkeln und lauern? Zuzutrauen wäre es denen. Ich muß höllisch aufpassen. Aber — am wahrscheinlichsten ist doch, daß sie ihren Millionenschatz feiern. Mit Champagner und allem drum und dran. Wem passiert das schon, daß er 15 Millionen findet, obwohl er nur nachsehen wollte, ob sein Gewehr noch im Versteck ist.

„Ihr wartet hier", sagte Tarzan leise. „Am besten, dort hinter den Büschen — falls die beiden zurückkommen. Dann müßt ihr mich natürlich warnen. Karl, du pfeifst auf den Fingern. Das fällt zwar auf, aber das müssen wir in Kauf nehmen. Alles klar?"

Die beiden nickten.

„Oskar ist nicht in der Bude", sagte Karl düster. „Er würde jaulen. Allein lassen könnten sie ihn nicht."

„Vielleicht haben sie ihn mit irgendeinem Mittel betäubt."

„Jedenfalls — falls du in Schwierigkeiten kommst, hauen wir dich raus", sagte Karl. Und für ihn, den sonst so Friedfertigen, war das ein wilder Entschluß.

Tarzan schob sein Rad hinter die Sträucher. Es waren Holunderbüsche. Bei Tage wären sie als Versteck untauglich gewesen – denn wie durch ein weitmaschiges Netz konnte man durch Zweige und Blätter sehen. Aber jetzt bei Nacht erfüllte es seinen Zweck.

Er legte sein Rad auf den Boden. Karl und Klößchen bezogen hier Posten. Verrostete Blecheimer boten sich zum Draufsetzen an.

Tarzan huschte an den Zäunen entlang. Einen Moment

später hatten ihn die beiden aus den Augen verloren.

Tarzan hielt sich außerhalb des Lichtscheins. An einer Stelle, die völlig im Dunkeln lag, sprang er über den Zaun. Vorsichtig pirschte er am Küchenfenster vorbei.

Als er sich durch die Büsche zwängte, flatterte irgendwo ein Vogel im Gesträuch.

An der Hausecke legte Tarzan sich auf den Boden. Wieselflink kroch er zur Hintertür. Dort richtete er sich auf und verharrte.

Im Haus schien alles ruhig zu sein. Nirgendwo ein Laut.

Funkes Rad lehnte an der Wand. Es war abgeschlossen.

Tarzan drückte auf die Klinke. Aber die Tür gab nicht nach. Er zog Funkes Schlüsselanhänger hervor, probierte den ersten Schlüssel, dann den zweiten — und wurde enttäuscht. Keiner paßte.

Aber so schnell ließ er sich nicht entmutigen.

Er huschte zur vorderen Tür. Sie hatte ein Sicherheitsschloß. Einer der Schlüssel gehörte dazu.

Lautlos öffnete Tarzan die Tür. Er trat ein, schloß die Tür hinter sich und stand in stickiger Finsternis. Nicht die Hand vor Augen konnte er sehen.

Vermutlich war er in der Diele, und die hatte kein Fenster. Er tastete sich zu einer Tür. Mit dem Ohr am Holz horchte er.

Dahinter war alles still. Als er die Tür einen Spalt geöffnet hatte, wartete er. Aber nichts regte sich.

Auch dieser Raum war dunkel, aber durch zwei Fenster konnte man zur Straße sehen. Sicherlich — die Gardinen ließen nicht viel Licht durch. Aber das bißchen reichte Tarzan, um sich zu orientieren. Es war ein Wohnraum.

Er ging systematisch vor. Bevor er sich an die Suche nach der Schatzkiste machen wollte, mußten erstmal alle Räume überprüft werden. Und nach Oskar wollte Tarzan sehen.

Viel Umstände machte das nicht, denn außer dem Wohnraum gab es nur noch ein Schlafzimmer, die Küche, die er schon kannte, ein altmodisches Bad und einen Raum zum Garten, in dem es angenehm duftete. Auf Regalen und Tischen waren Funkes Kräuter zum Trocknen ausgebreitet.

Am besten ist, wenn ich im Schlafzimmer anfange, dachte Tarzan. Aber wie, zum Henker, mache ich das ohne Licht? Ich kann doch nicht wie ein Blinder rumtasten. Andererseits — Licht würde mich sofort verraten. Jeder könnte es von der Straße aus sehen. Sicherlich — vor den Schlafzimmerfenstern hingen Vorhänge. Aber die waren viel zu durchlässig.

Während er überlegte, stand er neben dem Doppelbett.

Klirr!

Er zuckte zusammen. Das Geräusch kam von der Rückseite des Hauses. Es klang, als breche Glas. Und jetzt wiederholte sich das Geräusch.

Blitzschnell wog Tarzan seine Chance ab. Dann warf er sich zu Boden und kroch unter das Doppelbett.

Weich lag er hier. Auf Schaffell. Süßlicher Parfum-Duft drang in seine Nase. Offenbar befand er sich unter dem Bett der Rothaarigen, denn so roch Funke bestimmt nicht. Staubig war's hier außerdem. Und Tarzan knetete rasch seine Nase, um nicht niesen zu müssen.

Die Tür wurde geöffnet. Der Strahl einer Taschenlampe schoß herein, glitt über Bett und Kleiderschrank und dann suchend über die Wände.

„Niemand da", sagte eine Männerstimme.

Tarzan erkannte sie sofort, und für einen Moment war er sprachlos. Denn die Stimme gehörte dem Penner Max Stulla.

„Glück muß man haben, Harry", feixte er jetzt. „Wir können in Ruhe suchen. Funke und Olga Kretschmer sind ausgegangen. Vielleicht feiern sie. Hahaha!"

Kneif mich! dachte Tarzan. Das gibt's nicht. Ist das Zufall oder... Nein, Logik! War doch vorherzusehen! Nur wir haben gepennt. Klar, daß Smith und Stulla die gleiche Idee haben. Was liegt denn näher, als sich den Schatz zurückzuholen. Himmel, was mache ich jetzt? Soll ich sie suchen lassen? Und wenn sie den Tresor haben, dann auf sie drauf? Zu zweit sind sie... Mist! Trotzdem! Von meiner Judo-Technik haben sie bestimmt keine Ahnung. Und nach sechs Siegen — hintereinander — über Braungurt-Träger brauche ich mir wirklich keine Sorgen zu machen. Außerdem hatte Smith ein kaputtes Bein.

„Eins näch döm änderen, Mäx", erwiderte eine tiefe Stimme. „Wuir müssen übärlägen, wuo das Safe verborgen sein könnte."

Das war Smith. Er sprach gut Deutsch. Nur der Akzent war unüberhörbar.

Die beiden standen jetzt im Flur. Die Taschenlampe war ausgeknipst.

Tarzan hörte, wie Smith mit seinem Krückstock auf den Boden stieß. Wahrscheinlich hatten die beiden das Fenster des Trockenraums geknackt, um dort einzusteigen. Für Smith war das mit seiner Beinverletzung bestimmt keine Kleinigkeit.

Sie müssen ein Auto haben, dachte Tarzan. Wahrscheinlich einen Leihwagen. Aber den haben sie sonstwo geparkt. Sonst hätte ich den Motor gehört.

„Nehmen wir uns erstmal die Schränke im Wohnzimmer vor", sagte Stulla. „Ich mache Licht. Ist doch egal. Um diese Zeit kommt Funke mit seiner Mieze bestimmt nicht zurück."

Sie gingen in den Wohnraum. Smith humpelte. Die Deckenleuchte flammte auf. Ihr Licht fiel durch die geöffnete Tür in den Flur. Tarzan hörte, wie sie rumorten. Schränke und Schubladen wurden geöffnet.

Zum Teufel, dachte Tarzan. Wenn sie hier reinkommen, leuchten sie natürlich auch unters Bett. Ob sie mich für einen Teppich halten? Vielleicht hätte ich mir ein Schild umhängen sollen, auf dem steht: ICH BIN EIN TEPPICH.

Totstellen hilft auch nichts. Egal! Ich lasse's darauf ankommen.

So brenzlig die Situation für ihn war – seinen Humor verlor er nicht. Im Gegenteil: Es würde auf Biegen und Brechen gehen, und das machte ihm Spaß. Nur eins war schlimm: Daß es hier keinen Hinweis auf Oskar gab.

In diesem Moment hörte Tarzan den Pfiff.

Gellend tönte er durch die Nacht. Und Tarzan kannte das Signal ganz genau.

Karl pfiff. Das hieß, er warnte ihn. Und die Warnung war vereinbart für den Fall, daß Funke zurückkam.

„Es hat jemand gepfoffen", sagte Smith.

„Gepfiffen", verbesserte Stulla. „Au! Jetzt habe ich mir den Finger eingeklemmt. Hier ist auch nichts. Ja, gepfiffen wird hier oft. In diesem Viertel gibt's viele Hundehalter. Na, zu denen gehören wir jetzt auch."

Aha! schoß es Tarzan durch den Kopf. Ihr Saukerle habt Oskar. Anders kann das gar nicht gemeint sein. Na, prima! Damit hat sich alles gelohnt. Nur für euch nicht. Denn gleich wird Funke hereinstürmen.

Aber — Funke stürmte nicht. Funke schlich. Offenbar haben das Wilddiebe so an sich. Natürlich hatte er den Lichtschein in seinem Haus bemerkt. Diese Überraschung war kein angenehmer Abschluß seines Abendspaziergangs mit Olga Kretschmer, der Rothaarigen. Aber auf Überraschungen war Funke ständig gefaßt. Nicht umsonst trug er deshalb eine kleine Pistole bei sich.

Tarzan hatte weder ihn noch die Frau gehört — obwohl beide durch die Vordertür kamen und den Schlüssel benutzten.

Plötzlich standen sie in der Diele.

Von der Hacke bis zur Hüfte konnte Tarzan ihre Gestalten sehen.

„Hände hoch!" brüllte Funke. Seine Stimme überschlug sich. „Keine Bewegung! Weg mit dem Knüppel, Kerl, oder ich lege dich um! Eine falsche Bewegung, und du hast eine blaue Bohne zwischen den Rippen."

Dann war sekundenlang Stille.

Überrascht stieß Funke die Luft durch die Zähne.

„Sieh einer an!" sagte er. „Max Stulla. Und mit wem habe ich sonst noch die Ehre . . .? Moment mal! Das Foto war doch in der Zeitung. Klar, Harry Smith! Der Pilot! Jetzt begreife ich. Begreifst du, Olga?"

„Totschießen kannst du sie nicht", zischte sie. „Aber die sollen sich nicht einbilden, daß du . . ."

„Halt' den Mund! Die können selber sagen, was sie wollen. Also?"

„Leg' erst die Pistoule wäg", sagte Smith. „Wuir können uns einigen. Wuir sitzen im selben Bout."

„Zunächst mal wirst du dich auf meine Couch setzen," gebot Funke. „Du auch, Stulla. So ist es schön. Und die Hände auf den Tisch! Jetzt höre ich."

Er blieb stehen, wo er stand, und behielt auch die Pistole im Anschlag.

„Es stimmt", sagte Smith jetzt sehr um eine recht klare Aussprache bemüht und fast ohne Akzent. „Ich bin Harry Smith. Ich spiele mit offenen Karten. Damit du siehst, Funke, daß ich jetzt keinen Hinterhalt plane. Wenn ich dir sage, wie alles gekommen ist, gebe ich mich sogar in deine

Hand. Im Heimatland des Scheichs habe ich das Gerücht verbreitet, seine Gegner würden ihm nach dem Leben trachten und planten einen Bombenanschlag. Ich äußerte, daß ich Angst hätte, die Maschine zu fliegen. Denn wie leicht könnte der Anschlag dort erfolgen — wenn Abu Yassir Khaluns Feinde glauben, er wäre an Bord. Doch die Bombe habe ich selbst gebastelt. Sie war mit Zeitzünder versehen. Eine Minute bevor die Maschine explodierte, sprang ich mit dem Fallschirm ab. Das war über dem Moor. Ich bin schon oft in der Stadt hier gewesen und kenne die Umgebung. Den Tresor hatte ich bei mir. Ich habe nicht gewagt, ihn auf gut Glück abzuwerfen. Das war mein Verhängnis. Für den Fallschirm wurde die Last zu groß, die Fallgeschwindigkeit zu hoch. Außerdem war es Nacht. Ich kam unglücklich auf und verstauchte mir den Knöchel. Vielleicht ist er sogar gebrochen — jedenfalls kann ich kaum auftreten. Mir wurde übel vor Schmerz. Meine Absicht, einen Wagen zu stehlen und noch während der Nacht mindestens 100 Kilometer zwischen mich und die Absturzstelle zu bringen, war undurchführbar. Ich verscharrte den Fallschirm. Unter Schmerzen schleppte ich mich und den Tresor ein Stück. Auf der Suche nach einem Versteck! Ich entdeckte den Felsspalt, den ihr — wie ich von Max weiß — das Leere Grab nennt. Dort verbarg ich den Tresor. Dann brauchte ich Stunden, um bis zum Waldrand zu kommen. Erst dort fühlte ich mich einigermaßen sicher. Denn bald — das wußte ich — würden Bergungstrupps eintreffen, um das Moor nach mir und dem Wrack abzusuchen. Mit meinem Feldstecher beobachtete ich dann das Treiben. Viele Menschen kamen. Alle suchten das Moor ab — Tag und Nacht. Sogar jetzt suchen sie noch. Ich mußte in großer Entfernung bleiben. Sonst hätte man mich entdeckt. Mein Fuß wurde schlimmer. Ich litt Durst und Hunger. Plötzlich stand Max vor mir. Er wußte sofort, wer ich bin. Meine Pilotenjacke verriet mich. Max hätte mich der Polizei ausliefern können. Aber er half mir. Ich wurde mit allem versorgt. Dafür danke ich ihm. Und ich werde ihn an dem Schatz des Scheichs beteiligen. Denn der Schatz gehört mir."

„Soso", sagte Funke in die sekundenlange Stille. „Der gehört dir? Ich finde, er gehört dem Scheich. Aber da der genug Pinkepinke hat, sollten wir das Abliefern vergessen. Das heißt, der Schatz gehört uns allen. Offensichtlich wollte das Schicksal, daß ich mir die Taschen mit Gold fülle. Sonst hätte es der Zufall nicht so ulkig eingerichtet. Ich dachte, ich sehe nicht richtig, als im Leeren Grab plötzlich das Ding steht."

„Du bist ein Wilderer", stellte Smith fest. „Ich habe dich beobachtet. Anfangs wußte ich nicht, was du treibst. Aber dann sagte mir Max, daß auch er dich schon beobachtet hat."

„Was?" staunte Funke. „Ist das wahr, Stulla? Mann, da muß ich ja vorsichtiger sein. Ich dachte immer, außer mir und dem Mann im Mond hat davon keiner 'ne Ahnung."

„Ich weiß sogar", sagte Stulla feixend, „wen du mit dem Wildbret belieferst. Hab's aus der Ferne gesehen. Nicht ein Stück nimmst du für dich. Alles — und das ist 'ne Menge — verkaufst du an Keipner, den Wirt der Höllenmühle. Kein Wunder, daß bei dem das Hirschgoulasch so billig und so gut ist."

„Ich staune", sagte Funke verblüfft. „Für einen Penner bist du ganz schön auf Zack."

„Was heißt hier Penner? Ich lebe, wie ich will. Das ist alles. Aber verrat' mir mal eins: Bei Keipner wurden doch schon mehrmals, wie ich gehört habe, Haussuchungen gemacht. Weil er in Verdacht stand, selbst der Wilddieb zu sein. Gefunden wurde niemals was. Wo versteckt er dein Wildbret?"

„Ganz einfach. Hinter dem Heizungskeller ist ein Geheimraum. Nicht sehr groß, aber zwei Tiefkühltruhen haben Platz. Dort wird meine Beute gelagert. Die Geheimtür – der einzige Zugang – unterscheidet sich nicht von der Ziegelsteinmauer. Da kommt niemand drauf."

„Toll!" meinte Stulla. „Aber in Zukunft kriege ich mein Hirschgoulasch wahrscheinlich umsonst. Naja, das wird Keipner verschmerzen."

„Laßt uns vom Schatz reden", kam Smith aufs Thema zurück. „Es gibt nur einen Weg: Wir teilen. Es reicht für alle. Wir vier gehören jetzt zusammen. Jeder kann den andern hochgehen lassen. Das ist wie das Prinzip der atomaren Abschreckung, wie das Gleichgewicht der Kräfte, und muß als Sicherheit reichen."

„Ist mindestens so gut wie Vertrauen", meinte Funke und lachte häßlich.

Atemlos hatte Tarzan zugehört. Seine Vermutung war bestätigt worden. Nur das mit dem Wirt der Höllenmühle hatte er nicht geahnt.

Jetzt, dachte er, haben wir vier gegen uns. Zu dumm, daß die beiden Banden sich einigen. Himmel, wenn ich die vier und uns vergleiche! Vier und vier ist eben noch lange nicht dasselbe.

„Wo ist der Tresor?" fragte Smith.

„Möchtest du wissen, was?" lachte Funke. Er stand immer noch im Flur. „Aber jetzt kann ich's ja sagen."

„Bist du verrückt?" zischte Olga.

„Wieso? Allein, das solltest du kapieren, läuft jetzt nichts mehr. Aber mir ist es recht so."

„Ich traue denen nicht", sagte sie.

„Das sollten sie aber, Miß." Smith lachte. „Uns allen bleibt nichts anderes übrig."

„Sie überblickt die Lage nicht", meinte Funke. „Den Tresor habe ich jedenfalls im Garten vergraben. Aber wir werden ihn gleich reinholen. Bin wahnsinnig gespannt. Wahrscheinlich gehen uns die Augen über, wenn du ihn geöffnet hast, Smith."

„Ich kann ihn nicht öffnen", sagte Smith.

„Wie bitte?" Funkes Stimme klang entsetzt.

„Es ist einer der sichersten Kleintresore der Welt", sagte der Pilot. „Der Scheich, dieser alte Sack, nimmt immer nur das beste. Es wird sehr schwer werden, an den Schatz zu kommen."

„Verdammt!" sagte Funke. „Wie kriegen wir diese Konserve nun auf? Mit Sprengstoff?"

„Auf keinen Fall", empörte sich Smith. „Es würde den Inhalt vernichten."

„Kommt auf die Dosierung an und... Nee, du hast recht. So geht's nicht. Da muß uns was anderes einfallen."

„Teske", riefen Olga und Stulla wie aus einem Mund.

„Stimmt, Kinder! Das ist die Lösung!" Funke schlug sich begeistert auf den Schenkel. „Über dich, Stulla, kann ich mich nur wundern. Du kennst offenbar jeden aus der Branche."

„Wer ist Teske?" wollte der Pilot wissen.

„Ein Geldschrankknacker", antwortete Funke. „Der beste, den man sich vorstellen kann. Der kriegt alles auf. Außerdem ist er zuverlässig und nicht zu unverschämt. Mit 'nem dicken Batzen müssen wir ihn natürlich beteiligen. Aber dann geht die Sache in Ordnung."

„Teske wohnt nicht weit von hier", sagte Stulla. „Leider hat er kein Telefon. Ich werde ihn holen, das heißt herschicken. Denn im Anschluß daran muß ich noch was anderes erledigen. Damit habe ich gewartet. Aber jetzt tue ich's."

Er lachte, und sein Lachen klang böse.

„Was denn?" fragte Funke.

„Das ist eine Angelegenheit, die jetzt keine Rolle mehr spielt. Da sind nämlich vier Kinder im Moor rumgekrochen. Drei Jungen und ein Mädchen. Und ein Hund. Weiß der Himmel, wonach die gesucht haben. Vermutlich nach dem Schatz. Jedenfalls — der Anführer dieser Gören hat Harry entdeckt, und zu mir ist er frech geworden. Außerdem, Funke, sind sie auch dir auf der Spur. Harry konnte durchs Fernglas beobachten, wie die vier Rotzlöffel im Gras unter den Birken versteckt waren. Von dort aus haben sie dann mit ihrem Fernglas in aller Ruhe zugesehen, wie du, Funke, den Schatz aus dem Leeren Grab geholt hast. Anschließend haben sie selber dort nachgesehen — und wahrscheinlich dein Gewehr entdeckt. Harrys Fallschirm ist auch nicht verborgen geblieben. Der verdammte Köter hat ihn unter dem Moos hervorgezerrt. Die vier sind... nein, waren... eine echte Gefahr für Harry. Und damit auch für mich. Deshalb beschlossen wir, Druck auf sie auszuüben. Offenbar sind die vier in ihren Köter vernarrt. Ist so'n weiß-schwarzer Cocker-Spaniel, blind auf einem Auge und... Naja, ich kann Hunde sowieso nicht leiden. Als das Mädchen mit dem Vieh im Park war, habe ich den Köter eingefangen. Jetzt ist er in 'ner Scheune versteckt. Ist angebunden. Und jault wie verrückt. Aber dort hört ihn niemand. Jedenfalls — nachher werde ich hinfahren und dem Köter den Hals umdrehen."

13. In letzter Sekunde

Sekundenlang fühlte Tarzan sich wie erstarrt.

Unmöglich! dachte er. Ich habe mich verhört — dem Köter den Hals umdrehen! Das meint selbst so ein Typ wie Max Stulla nicht im Ernst. Es kann nicht sein!

„Willst du das Vieh stumm machen?" lachte Funke. „'Ne gute Idee wäre, du ziehst ihm das Fell ab. Den Kadaver können wir dann Keipner als übergroßen Hasen verkaufen. Der nimmt alles, was vier Beine hat."

Diesmal lachten alle: Funke über seine Roheit. Und die Frau. Und Smith. Und Stulla.

Nur Tarzan lachte nicht. Sein Mund war so trocken, als hätte er mit Mehl gegurgelt. Er spürte Kälte im Nacken und auf dem Rückgrat. Das war eisige Wut. Langsam stieg sie in ihm hoch, nahm Besitz von ihm. Aber sie hatte keinen Einfluß auf sein Denken. Regungslos bleib er liegen, hörte zu und merkte sich alles. Und er wußte, was er tun würde.

„Hab' das Mädchen, eine gewisse Gaby Glockner, angerufen. Mit verstellter Stimme natürlich." Stulla brüstete sich, als hätte er eine Heldentat vollbracht. „Hab' befohlen, daß sie und die Lümmel den Mund halten, sonst sei ihr Hund geliefert. Aber jetzt, Leute, sind wir uns einig. Wir haben den Schatz; und sobald Teske den Tresor geöffnet hat, mache ich 'ne Mücke und bin weg aus dieser Stadt. Was die verdammten Gören machen, ist mir wurscht. Nur den Köter, den murkse ich vorher noch ab. Das Mistvieh hat mich gebissen."

„Komm', wir gehen rein", sagte Funke.

Tarzan sah, wie er die Hand sinken ließ. Die Pistole zwischen seinen Fingern wirkte klein wie ein Spielzeug. Er schob sie in die Tasche.

Sie gingen in den Wohnraum. Hinter ihnen fiel die Tür zu.

Lautlos wand Tarzan sich unter dem Bett hervor. Horchend blieb er vor der Tür zum Wohnraum stehen.

Jetzt hörte er die Stimmen etwas gedämpfter. Aber er verstand jedes Wort.

„Das mit den Kindern gefällt mir nicht", sagte Funke in diesem Moment. „Ich meine, daß sie so rumschnüffeln. Es scheinen dieselben zu sein, über die ich mich geärgert habe. Die wissen, daß ich nicht so aufs Alter achte, wenn ich Jugendlichen mal 'ne Flasche Schnaps verkaufe. Schließlich bin ich nicht der Vater. Sollen sich doch die Eltern drum kümmern, wenn die Bälger saufen — jedenfalls: Dieser braungebrannte Bursche, der Anführer, hat sich auch hier eingeschlichen! Bei Olga. Unter einem Vorwand. Ist durchaus möglich, daß die was von dem Schatz wittern. Das heißt: Wahrscheinlich nicht. Sonst hätten sie uns längst die Polizei auf den Hals geschickt. Sicherlich ist alles blinder Alarm. Aber . . . Wenn die ins Leere Grab geguckt haben, ist meine Ausrüstung entdeckt. Also werde ich mich hüten, das Zeug nochmal anzufassen. Juckt mich auch gar nicht. Mit ein paar Millionen in der Tasche pachte ich mir meine eigene Jagd. Wilderei", er lachte schallend, „wäre dann nicht mehr standesgemäß."

Eine Weile bleib es still. Dann sagte Funke: „Wir sollten unsere Verbrüderung begießen. Olga, hol' mal den Cognac."

„Mir bitte keinen", wehrte Stulla ab. „Ich muß noch fahren. Das kommt sowieso nur alle paar Jahre mal vor und ist nicht meine Stärke. Es wäre eine Katastrophe, wenn ich jetzt — drei Schritt vor dem großen Glück — wegen Alkohol am Steuer geschnappt werde."

„Einen kleinen Schluck kannst du nehmen", widersprach Funke.

Stulla fügte sich. Gläser klirrten. Irgendwer sagte: „Prost! Und auf gute Zusammenarbeit."

Dann ließ sich Stulla vernehmen: „Jetzt sage ich Teske

Bescheid. Anschließend fahre ich raus zu dem Köter. Bis nachher, Freunde."

Tarzan hörte, wie er aufstand. Mit zwei Schritten war der Junge an der Tür zur Trockenkammer. Lautlos ließ sie sich öffnen.

Das Fenster, dessen Scheibe eingedrückt war, stand offen. Tarzan flankte hinaus. An der Hausecke wartete er.

Ein paar Sekunden vergingen, dann trat Stulla ins Freie. Er trug seine Pennerkluft. Alles schlotterte an der dürren Gestalt des Zwei-Meter-Riesen.

Du willst Oskar töten, dachte Tarzan. Unseren armen kleinen Kumpan, der jetzt irgendwo in einer einsamen Scheune festgebunden ist und fast umkommt vor Angst. Das hast du vor, Stulla! Und alle hielten dich für harmlos. Gut, mein Freund, sag' Teske Bescheid. Das gestatte ich dir noch. Würde sonst auffallen, daß du soooo lange wegbleibst. Aber dann, mein Freund, reden wir miteinander. Und jede Sekunde werde ich mich an das erinnern, was du mit Oskar vorhast. Mit unserem Schlappohr.

Stulla ging zur Straße. Er sah sich nicht um.

Tarzan folgte ihm wie ein Schatten.

Stulla ging an den Holunderbüschen vorbei. Aber Karl und Klößchen verhielten sich mäuschenstill. Stulla merkte nichts.

Tarzan huschte zu seinen Freunden. „Einzelheiten", flüsterte er, „erzähle ich euch nachher. Nur soviel jetzt: Auf keinen Fall dürfen wir Stulla aus den Augen verlieren. Nur er weiß, wo Oskar ist. Und er will hin, um ihn zu töten. Irgendwo hat er einen Wagen geparkt. Also äußerste Aufmerksamkeit!"

„Was . . .?" flüsterte Karl. „Töten? Oskar?"

„Den mache ich kalt", wisperte Klößchen. „Den Penner mache ich kalt. So ein Schwein!"

„Überlaßt Stulla mir!" sagte Tarzan. „Los, jetzt!"

Sie folgten ihm, aber mit sicherem Abstand. Weit vor

ihnen schlurfte die Vogelscheuchen-Gestalt. Der Penner sah sich kein einziges Mal um, und die drei konnten etwas aufrücken.

Stulla bog in eine Nebenstraße ab.

Sofort preschte Tarzan zur Ecke.

Er sah gerade noch, wie Stulla in einem schäbigen Mietshaus verschwand. Über dem Eingang funzelte eine trübe Beleuchtung.

Tarzan hielt vor der Tür. Neben den Klingelknöpfen waren die Namenschilder. Mit einem Blick überzeugte er sich, daß ein gewisser Ferdinand Teske hier wohnte. Dann sauste er zur Ecke zurück, wo die beiden warteten.

Mindestens zehn Minuten blieb Stulla im Haus.

Tarzan benutzte die Zeit, um seinen Freunden alles zu berichten.

Dann kam der Penner zurück.

Die drei verbargen sich hinter dem Schutzhäuschen einer Bushaltestelle.

„Wir folgen ihm bis zu seinem Wagen", sagte Tarzan leise. „Mit dem muß er uns mitnehmen. Ich greif' ihn mir, wenn er einsteigen will."

Aber dann ging etwas schief.

An einer Stelle, wo die Nacht dunkler war als in einer zugenähten Hosentasche, gabelte sich die Straße.

Die Kinder hatten — weil weiter vorn eine Laterne stand — nicht so dicht aufrücken können. Und plötzlich war Stulla verschwunden.

Es war, als hätte der Erdboden ihn verschluckt. Kein Stulla, keine Schritte, kein Laut.

Tarzan fühlte, wie ihm im Genick Schweiß ausbrach.

„Ihr beide rechts lang, ich links. Jetzt ist es egal. Wir müssen ihn finden. Hinterher. Karl, du pfeifst, wenn ihr ihn seht."

Alle schalteten die Dynamos der Fahrradlampen ein. Und preschten los.

Tarzan kannte die Straße nicht, der er jetzt folgte. Zwischen Schrebergärten wand sie sich hin. Die Teerdecke war aufgebrochen und voller Löcher. Etwa 300 Meter weiter vorn beschienen Neonpeitschen eine Kreuzung. Dort mündete die Nebenstraße in eine vielbefahrene Verkehrsader. Das grüne Licht der Ampel schimmerte bis hierher.

Eine Steinwurfweite vor Tarzan fiel der Schlag eines Autos zu. Ein Motor wurde gestartet. Rücklichter glühten auf. Scheinwerferstrahlen strichen über Schlaglöcher und Zäune.

Das ist er! schoß es Tarzan durch den Kopf. Und ich komme zu spät.

Der Wagen fuhr an.

Tarzan krümmte den Rücken und trat wie ein Irrer in die Pedale. Sein Rennrad sprang förmlich durch Schlaglöcher

und ausgetrocknete Pfützen. Aber Stulla trat aufs Gas. Und der Abstand vergrößerte sich.

Wenn ich schneller fahre, stürze ich! hämmerte es hinter der Stirn des Jungen. Dann ist alles aus. Dann ist Oskar verloren. Dieses verdammte Mistding von Straße! Mein Gott! Ich muß ihn einholen. Es darf nicht sein!

Aber der Wagen — ein grauer oder beiger Opel — war immer noch 50 Meter vor ihm.

Und die Ampel zeigte Grün.

Es gab nur eins: Tarzan mußte alles auf eine Karte setzen. Mußte den Sturz riskieren! Mußte den Wagen einholen, bevor er auf die Hauptstraße rollte.

Für Oskar! dachte Tarzan. Für Gaby!

Er fuhr wie der Teufel.

Meter um Meter holte er auf.

Fahrtwind sauste ihm in den Ohren.

Sein Rad hopste, sprang, flog. Metall klirrte. Die Erschütterungen schlugen durch bis zum Sattel. Die Räder rutschten weg. Aber er fing sich.

Zehn Meter noch. Aber die Kreuzung war nahe.

Der Wagen verlangsamte sein Tempo.

Die Ampel sprang um — Gelb — Rot!

Jetzt war Tarzan neben dem Opel und konnte Stulla erkennen.

Vorgebeugt hockte er am Lenkrad. Durch die Windschutzscheibe glotzte er zur Ampel. Als er das Kreischen der Reifen hörte, wandte er den Kopf und sah Tarzan.

Für Sekundenbruchteile bohrten sich ihre Blicke ineinander.

Tarzan sah die Bewegung.

Stulla wollte — obwohl die Ampel immer noch Rot zeigte — den Gang einlegen und über die Kreuzung preschen.

Mit einem Hechtsprung federte der Junge aus dem Sattel. Er prallte gegen die Fahrertür. Hinter ihm fiel scheppernd sein Rad auf die Straße. Mit zwei Finger erwischte er den

Türgriff. Schon ruckte der Wagen an. Tarzan riß den Schlag auf. Wie ein Fallbeil schmetterte seine Handkante auf Stullas linken Unterarm.

Der Ganove brüllte auf. Stotternd tuckerte der Wagen vor sich hin. Tarzan mußte mitlaufen. Stulla schlug nach ihm.

„Für Oskar!" schrie Tarzan und rammte Stulla den Ellbogen ins Gesicht.

Wimmernd kippte der Verbrecher zur Seite.

Tarzan sprang halb in den Wagen und drehte den Zündschlüssel um.

Handbreit vor der Ampel kam das Fahrzeug zum Stehen.

Mit dem linken Bein war Tarzan im Freien, mit dem rechten Knie hing er halb überm Lenkrad. Ein tückischer Faustschlag traf ihn von rechts in die Rippen.

Es tat weh. Aber Tarzan zog den Zündschlüssel ab und sprang zurück.

Stulla blutete aus dem Mund. Es tropfte in seinen Bart. Torkelnd stieg er aus. Und plötzlich hielt er ein Messer in der Hand.

„Na, prima!" sagte Tarzan. „Angriff mit dem Messer. Das zählt als Mordversuch. Und ich handele in Notwehr."

„Hau ab! Weg!" Das Messer beschrieb Schlingen in der Luft.

Tarzan ließ ihn herankommen, griff zu, erwischte Handgelenk und Hemdbrust des dürren Riesen, der ein Schwächling war und ausgehöhlt vor lauter Alkohol. Gleichzeitig trat er ihm mit voller Wucht gegen den Knöchel.

Bevor Stulla aufschreien konnte, krachte er auf die Straße. Mit der Brust voran. Tarzan hielt seinen Arm fest und entwand ihm das Messer.

„Das ist für Oskar!" rief er. „Das für den Mordversuch! Und das für alle Tiere, die du irgendwann mal gequält hast."

Stulla stöhnte auf. Dann rührte er sich nicht mehr.

Tarzan sah zur Hauptstraße. Aber die war menschenleer wie ein Friedhof um Mitternacht.

Er pfiff auf zwei Fingern.

Als Karl und Klößchen keuchend heranradelten, bewegte sich Stulla. Aufstehen konnte er noch nicht.

„Was ist mit dem Saukerl?" fragte Klößchen.

„Er hat eine Abreibung gekriegt."

„Junge, Junge!" meinte Karl. „Wie der aussieht. Das hätte für drei gereicht. Und mit 'nem Messer ist er auf dich losgegangen, wie? Der harmlose Penner, für den man ihn hielt. Ein Verbrecher und Tierquäler. Daß der hinter Gitter kommt, verschönt das Stadtbild. Ohne ihn ist es sauberer."

„Legt schon mal die Räder in den Kofferraum", sagte Tarzan und gab ihnen den Autoschlüssel. „Stulla wird uns zur Scheune fahren."

Freilich — bis der soweit war, das dauerte noch eine Weile. Zitternd saß er dann hinterm Lenkrad. Karl und Klößchen hockten im Fond. Tarzan hatte sich auf den Beifahrersitz gesetzt. Und hielt Stullas Messer in der Hand.

„Damit du klarsiehst, Stulla: Wir wissen alles über dich. Über Funke, Smith, Olga, über den Schatz des Scheichs. Und über Teske. Du wirst uns jetzt zu der Scheune fahren, in der Oskar ist. Unser liebes Schlappohr, das du umbringen wolltest. Ich darf nicht daran denken, sonst breche ich dir jeden Knochen. Du tätest gut daran, dich zu beeilen."

Stulla fuhr. Er war am Rande einer Ohnmacht. Aber er fuhr. Sein Gesicht sah aus, als müßte er sich jeden Moment übergeben.

Er fuhr zur Soiner Straße, dann in Richtung Moor. Aber nach etwa fünf Kilometern — also auf halber Strecke — bog er in einen Feldweg ein. Langsam schaukelte der Wagen voran. Dann kam der Mond hervor und schien auf die einsamen Felder.

In der Ferne stand eine Scheune. Als sie näher kamen, hörten die Kinder Oskars jämmerliches Heulen.

Stulla hielt vor der Scheune.

„Aussteigen, Stulla!" befahl Tarzan. „Und versuch' gar nicht erst, abzuhauen. Du würdest nur nochmal Keile kriegen."

Aber der ausgemergelte und übel zugerichtete Penner hatte keinen Mumm mehr. Und keine Kraft. Daß Klößchen ihn bewachte, genügte völlig.

Tarzan und Karl gingen in die dunkle Scheune.

Freudiges Winseln drang aus der Finsternis.

Karl stolperte über eine Wagendeichsel, machte eine Bauchlandung und fluchte.

Tarzan tastete umher, bis er bei Oskar war. Der Cocker brauchte kein Licht, um ihn zu erkennen. Wie irre führte er sich vor Freude auf, sprang immer wieder an ihm hoch und leckte Tarzans Hände, als hätte er ein Dutzend Zungen.

„Ist ja gut, Oskar! Jetzt bist du wieder bei uns. An dir wird sich niemand vergreifen."

Er war mit einem dicken Strick festgebunden, und Tarzan kriegte die Knoten nicht auf. Mit Stullas Messer schnitt er den Strick durch.

Als er Oskar zum Wagen brachte, stemmte der Hund alle vier Pfoten in den Boden, sträubte das Nackenhaar und knurrte.

„Richtig, Oskar! Das ist dein Peiniger. Du hast ihn erkannt. Braver Hund!" lobte Tarzan.

Er befahl Stulla, aus dem Wagen zu kommen.

„Du wirst gefesselt, Stulla. Und bleibst in der Scheune. Bis die Polizei dich abholt. Lange brauchst du darauf nicht zu warten. Denn mit euch Ganoven wird heute nacht abgerechnet. Komm', Karl, hilf mal!"

Stulla greinte wie ein altes Weib, aber er leistete keinen Widerstand. Sie banden ihm die Hände auf dem Rücken. In der Scheune mußte er sich auf den Boden legen. Sie fesselten ihm die Füße.

Die Jungs nahmen ihre Räder aus dem Kofferraum. Mit drei Rädern als Inhalt hatte sich natürlich der Deckel nicht schließen lassen. Karl und Klößchen hatten ihn deshalb mit einer Schnur zugebunden. Und diese Schnur wurde jetzt Oskars Leine.

Er war schon wieder ganz fröhlich, wedelte freudig und trabte munter neben Tarzans Rad, als die drei zur Stadt zurückfuhren.

14. Der Scheich ist da

In der Telefonzelle stand ein Jüngling, dem die Verliebtheit wie Flammen aus den Augen leuchtete. Durch die Scheiben konnte man sehen, wie er in den Hörer säuselte, wie er seiner Freundin den Himmel auf Erden versprach — Illusionen, die zu dieser Mondnacht paßten.

Aber die Jungs, die schon seit fünf Minuten draußen warteten, hatten dafür keinen Nerv.

Tarzan zog die Kabinentür auf. „Könnten Sie sich, bitte, etwas kürzer fassen. Das Telefon ist für alle da."

Der Jüngling glotzte ihn an, als wäre er mit Eiswasser begossen.

„Hau ab, Mensch! Du ... Nein, Evi, dich meine ich nicht. Aber ... Nein, Evi, ich bin allein in der Zelle. Nur ..."

„Wir müssen die Polizei anrufen und ein Verbrechen melden", sagte Tarzan. „Sagen Sie das Ihrer Evi. Sie weiß ja, daß Sie vor Sehnsucht nicht schlafen können."

Nach einer halben Minute wurde die Zelle frei. Der Jüngling trollte sich zur nächsten Eckkneipe. Vielleicht hatte er Kummer, der betäubt werden mußte.

Tarzan wählte die Notrufnummer des Polizeipräsidiums. Sofort wurde abgehoben. Ein Polizei-Obermeister namens Huber meldete sich.

„Können Sie mich, bitte, mit Kommissar Glockner verbinden", verlangte Tarzan.

„Den kann ich jetzt nicht stören", sagte Huber. „Der Scheich ist bei ihm."

„Abu Yassir Khalun?" fragte Tarzan erstaunt.

„Ja, so heißt er wohl. Ist vorhin aus Paris gekommen. Mit wem spreche ich denn?"

„Ich heiße Peter Carsten. Was ich mitzuteilen habe, kann ich freilich auch Ihnen sagen. Es geht um die Wilderei im Soiner Moor."

„Ja?" fragte der Obermeister gespannt.

„Den Namen des Wilddiebs werde ich Ihnen später nennen. Zunächst möchte ich mitteilen, wer der Abnehmer des Wildbrets ist: Ein gewisser Keipner, der Wirt der Höllenmühle."

„Erich Keipner? Das wurde schon mal behauptet. Aber er hat nichts damit zu tun. Die Höllenmühle wurde mehrfach durchsucht und ..."

„... gefunden hat man nichts, ich weiß. Weil die gewilderte Beute in einem Geheimraum versteckt ist. Er liegt hinter dem Heizungskeller. Der Zugang befindet sich in der Ziegelsteinmauer: Eine Geheimtür. In dem Raum stehen zwei Tiefkühltruhen. In denen liegt das Wildbret."

„Alle Teufel! Woher weißt du denn das?"

„Das gebe ich später zu Protokoll. Und noch was: In der Scheune am Fasanen-Wäldchen befindet sich der Stadtstreicher Max Stulla. Wir haben ihn gefesselt. Holen Sie ihn ab. Der Mann ist an einem Verbrechen beteiligt. Woran, auch das sage ich später. Es hängt mit dem Schatz des Scheichs zusammen. Ende."

„He!" rief Huber durch die Leitung.

Aber Tarzan legte auf.

Karl und Klößchen staunten, als sie hörten, der Scheich sei eigens aus Paris gekommen und befinde sich jetzt bei Gabys Vater im Präsidium.

„Ist doch logisch", meinte Tarzan. „Wenn's um 15 Millionen geht. Und um das eigene Flugzeug. Wenn's so aussieht, als müßte er nicht nur das, sondern auch die Millionen in den Kamin schreiben — dann, Freunde, wird sogar ein Scheich munter."

„Na, dann gehen wir, sprach der Scheich zum Emir", kalauerte Klößchen. „Gehen wir gleich, meint der Scheich." Er tätschelte Oskar den Kopf. „Was heißt eigentlich Scheich? He, Computer, weißt du's?"

„Scheich ist ein arabisches Wort", erwiderte Karl. „Es

bedeutet: der Älteste. Meistens ist damit der Anführer eines Beduinenstammes gemeint, der Häuptling. Es kann aber auch der Dorfälteste sein. Außerdem ist es gebräuchlich als Ehrentitel für mohammedanische Gelehrte und Geistliche. Die Bedeutung ist natürlich zu einer Zeit entstanden, als an Ölscheichs – die auf ihren Ölquellen sitzen – noch nicht zu denken war."

„Und wieder hat Karl, der Computer, zugeschlagen", lachte Tarzan. „Wirklich toll, was zwischen deinen beiden Ohren alles hängen bleibt. Eigentlich müßtest du einen Kopf wie ein Elefant haben."

„Nee, danke", sagte Karl. „Dann hätte ich auch Ohren wie Willi."

„Was gefällt dir an meinen Ohren nicht?" schnauzte Klößchen.

„Naja, besser als gar keine", sagte Karl.

Tarzan stützte sich auf den Lenker seines Rennrades und dachte einen Moment nach.

„Wir müssen jetzt methodisch vorgehen, damit keine Panne entsteht und uns Smith, Funke und Olga am Ende nicht noch entwischen. Ich schlage vor, ihr beide beobachtet Funkes Bude. Aber laßt euch nicht blicken. Wenn sich irgendwas ereignet, rennt einer von euch zum nächsten Telefon und ruft im Präsidium an. Dort bin ich nämlich. Bei Gabys Vater. Vorher liefere ich Oskar bei Gaby ab, sonst wird sie krank vor Sorge. Aber dann ..."

„Du willst tatsächlich ins Präsidium?" fragte Willi erstaunt.

„Klar. Alles weitere ist ja nun wirklich Sache der Polizei. Wir haben die Täter entlarvt. Wir kennen alle Zusammenhänge. Wir wissen, wo der Schatz ist. Wer kann das schon bieten? Ein bißchen was muß die Polizei auch noch tun." Er lachte, als er hinzufügte: „Für ihr Geld."

„Mann!" Klößchen schnalzte und rieb sich genießerisch die Hände. „Dann kriegen wir den riesigen Finderlohn.

Ab morgen sind wir steinreich.“

Karl nickte eifrig. Nur Tarzan blieb kühl.

„Ich weiß nicht“, sagte er, „ob ich soviel Geld überhaupt haben möchte. Eine nette Belohnung — ja. Aber gleich so einen Reichtum? Zu einem Scheich paßt das vielleicht. Aber ich glaube nicht, daß ich mich damit wohlfühlen würde.“

„Du hast aber komische Ansichten“, sagte Willi.

Tarzan hob die Schultern. „Ist eben alles Geschmacksache.“

Er stieß sich vom Bordstein ab. „Jetzt aber los! Sonst graut der Morgen, und wir sind hier immer noch beim Kaffeekränzchen.“

Freilich — mit dem Morgengrauen, das hatte noch Zeit. Es war noch längst nicht Mitternacht, und die Straßen der Innenstadt belebt. Bald trennten sich die Freunde. Karl und Klößchen radelten zur Bricheisenstraße. Tarzan fuhr mit Oskar zu Gaby.

Als er sich dem Haus näherte, wedelte Oskar immer freudiger mit seinem Stummelschwanz. Hin und her sprang er, obwohl Tarzan sehr rasch fuhr, kaum daß der Cocker noch zu halten war.

Als Tarzan vor dem Lebensmittelgeschäft vom Rad sprang, sah er Herrn Grützner. Die Grützners wohnten über den Glockners, und Herr Grützner kam eben nach Hause.

„Da ist ja der Oskar“, staunte er. „Donnerwetter, Tarzan! Da wird dir Gaby um den Hals fallen.“

„Ach“, meinte Tarzan verlegen. „Das ... eh ... Sowas ist doch selbstverständlich. Ich hätte nicht mehr schlafen können, wenn Oskar was passiert wäre.“

„Hast ihn also gefunden“, sagte Herr Grützner, der offensichtlich an einen Zufall dachte. Er schloß die Haustür auf.

Tarzan hatte sein Rad abgestellt und führte Oskar an der Strippe. Sie stiegen die Treppe hinauf. Herr Grützner wünschte Gute Nacht und ging hoch in seine Wohnung.

Tarzan klingelte bei Glockners. Selbstverständlich waren

Gaby und ihre Mutter noch auf. Frau Glockner kam an die Tür.

Als sie öffnete, wurde ihre Miene fassungslos.

Oskar stieß ein Freudengeheul aus, sprang an Frau Glockner hoch, schleckte wild um sich, raste in die Diele und riß Gaby, die sofort aus ihrem Zimmer stürmte, beinahe um.

Was sich dann abspielte, hätte man filmen müssen. Oskar wickelte sich fast um sein Frauchen. Gaby lachte, weinte, drückte den Hund an sich, streichelte ihn, nahm ihn hoch, herzte ihn und hatte minutenlang keine Hand frei, um sich die dicken Kullertränen wegzuwischen.

Lächelnd sahen Frau Glockner und Tarzan den beiden zu.

Dann, als Oskar sich etwas beruhigte, ging Gaby zu ihrem Freund.

„Das werde ich dir nie vergessen", sagte sie und sah ihn an. „Nie. Im ganzen Leben nicht." Dann stellte sie sich auf die Zehenspitzen und gab ihm ein Bussi auf die Wange.

Ein bißchen rot wurde sie dabei, aber nicht halb so rot wie Tarzan. Er spürte, wie es durch seine gebräunte Haut schimmerte, und dachte: Nichts sonst macht mich verlegen. Nichts! Nur Gaby schafft's immer wieder. Zum Kuckuck! Woran das wohl liegt?

„Komm' rein, Tarzan!" sagte Frau Glockner lachend.

Sie gingen ins Wohnzimmer. Tarzan mußte sich setzen. Natürlich wollten die beiden wissen, wie er Oskar gefunden hatte. Und da es auf ein paar Minuten mehr oder weniger nicht ankam, erzählte er den ganzen Hergang — mit allen Einzelheiten.

Das wäre fast zu aufregend für die beiden geworden. Frau Glockner wurde bleich, Gabys blaue Augen doppelt so groß wie sonst, und der Schreck verschlug ihr die Sprache.

„Nein!" flüsterte sie dann. „Nicht auszudenken, wenn dieser Stulla ... Dieser Lump! Wenn der Oskar ... Nein! Ich

kann den Gedanken nicht denken. Wie kann ein Mensch so sein? Ich verstehe das nicht."

„Tierquälerei und Tiermord sind Verbrechen", sagte Tarzan grimmig. „Aber was steht als Strafe darauf? Lächerliche Geldbußen. Weil vor dem Gesetz ein Tier nicht als Lebewesen, sondern als Sache gilt. Unerhört ist das. Ob jemand eine Scheibe einschlägt oder einen Hund umbringt, macht kaum einen Unterschied. Ich finde, Verbrechen an Tieren sollten viel strenger bestraft werden. Aber Stulla", sagte er, und sein Gesicht wurde hart, „hat sein Fett weg. Ich glaube nicht, daß sich der nochmal an einem Tier vergreift."

Gaby nickte. „Ich bin sonst gegen Gewalt. Aber daß du's dem gegeben hast, freut mich."

„Und was geschieht jetzt mit den anderen Verbrechern?" fragte Frau Glockner.

„Daß die festgenommen werden, dafür sorgt ganz bestimmt Ihr Mann", sagte Tarzan und stand auf. „Ich fahre jetzt ins Präsidium."

Beide brachten ihn an die Tür. Und auch Oskar kam mit.

15. Tüchtigkeit wird belohnt

Im Polizeipräsidium einer Großstadt ist auch nachts immer Betrieb. Aber heute schien besonders viel los zu sein. Auf dem Parkplatz für Besucher standen vier amerikanische Straßenkreuzer. Neben jedem wachte ein Araber. Daß es sich um Söhne der Wüste handelte, war schon von weitem zu erkennen. Alle trugen den Burnus, den weißen Kapuzenumhang der Beduinen. Und sicherlich hatten sie auch Dolche im Gürtel. Aber das sah Tarzan nicht. Er stellte sein Rennrad neben dem Portal ab und betrat das Präsidium.

Gleich hinter dem Eingang kam man an eine Art Empfangsschalter, der Tag und Nacht besetzt war. Damit sich kein Unbefugter ins Präsidium schmuggelte, um — kann man's wissen? — eine Bombe zu verstecken. Natürlich gab der Beamte auch Auskunft.

Jetzt saß dort ein im Dienst ergrauter Mann, der viel lieber zu Hause gewesen wäre und eine Stinklaune hatte.

„Wohin willst du?" fragte er mürrisch, nachdem Tarzan höflich gegrüßt hatte.

„Bitte, zu Kommissar Glockner."

„Wirklich? Warum nicht gleich zum Präsidenten persönlich? Ist dir dein Kanarienvogel weggeflogen?"

„Ich möchte gern zu Kommissar Glockner", wiederholte Tarzan geduldig. „Es ist wichtig."

„Natürlich. Enorm wichtig. Wie alt bist du eigentlich? Um diese Zeit gehörst du ins Bett."

„Kommissar Glockner ist im Hause, wie ich weiß", sagte Tarzan. „Bitte, verständigen Sie ihn. Ich heiße Peter Carsten. Er kennt mich."

„Junge, werd' nicht albern! Der Scheich ist immer noch bei ... Aber das geht dich nichts an. Jedenfalls — für irgendwelche Kindereien ist der Kommissar nicht zu sprechen. Was willst du also?"

„Ach, es sind nur Kindereien", sagte Tarzan seelenruhig.

„Ich wollte zwar melden, wo der Schatz des Scheichs ist — denn ich und meine Freunde sind die einzigen, die das wissen. Und ich wollte die Namen und den Schlupfwinkel der Verbrecher nennen, die den Schatz gerade beiseite bringen. Aber — wie Sie ganz richtig sagen: Um diese Zeit gehöre ich ins Bett. Gute Nacht!"

Dreißig Sekunden später wurde Tarzan in ein großes Büro geführt. Man hatte zusätzlich Stühle hineingestellt. Acht Araber saßen dort: im Burnus, mit braunhäutigen Gesichtern, strichdünnen Schnurrbärten und mißtrauischen Augen.

„Salem Aleikum!" grüßte Tarzan.

Aber niemand antwortete. Stumm glotzten die Männer ihn an.

Vielleicht habe ich's nicht richtig betont, dachte Tarzan. Oder sie sprechen nur Englisch. Sind sicherlich Import-Beduinen von sonst woher.

Der Polizist, der ihn hergebracht hatte, grinste, klopfte an die nächste Tür und wartete das „Herein!" ab.

„Hier ist der Junge, Herr Präsident", sagte er und schob Tarzan über die Schwelle.

Es war ein hübsches Büro, wie es dem Polizeipräsidenten zukommt.

Vier Männer saßen in Sesseln um einen Rauchtisch: Der Polizeipräsident, Kommissar Glockner, ein blasser Mann mit Hornbrille — der Dolmetscher, wie sich dann herausstellte — und Scheich Abu Yassir Khalun.

„Guten Abend!" sagte Tarzan und sah die Männer freundlich und ohne Scheu an.

Kommissar Glockner stand sofort auf. „Das ist Peter Carsten, der Freund meiner Tochter", stellte er vor. „Komm' her Tarzan, setz' dich! Ist es wirklich so wichtig, was du mir zu sagen hast?"

„Ich glaube schon", sagte Tarzan und horchte auf den Dolmetscher, der sich zum Scheich beugte und ins Arabische übersetzte. Es klang wie: „Rhabarber, Rhabarber, Rhabarber . . .“

Neugierig sah Tarzan den Scheich an, während er sich auf den Stuhl setzte, den Herr Glockner zum Tisch gerückt hatte.

Der Scheich war ein Männchen, klein, dürr, ziemlich alt und mit einem Gesicht wie die Mumie von Hammurabi *(König von Babylon, 1793—1750 vor Christi).* Aber seine schwarzen Augen funkelten sehr lebendig. Interessiert musterte er Tarzan.

„Ihre Tochter Gaby, Herr Glockner, Willi Sauerlich, Karl Vierstein und ich“, begann Tarzan, „wir vier haben herausgekriegt, was es mit dem Flugzeugunglück auf sich hat. Ich komme gleich auf die Einzelheiten, möchte aber schon vorwegnehmen: Der Pilot Harry Smith lebt. Er ist mit dem Fallschirm und dem Schatz abgesprungen, bevor er die Maschine mit einer Zeitbombe zerstörte. Er wollte Herrn Abu Yassir Khalun um den Schatz betrügen, verletzte sich aber beim Absprung und hat sich jetzt mit einigen hiesigen Verbrechern zusammengetan. Ich weiß, wo sie sind. Den Tresor haben sie bei sich. Gerade jetzt versucht ein gewisser Ferdinand Teske das Ding zu knacken.“

Der Polizeipräsident machte ein Gesicht, als hätte man ihm den Stuhl unterm Hinterteil weggezogen.

Der Dolmetscher vergaß zu übersetzen, sperrte den Mund auf und glotzte Tarzan an.

Kommissar Glockner unterdrückte mit Mühe ein Lächeln. Aber Tarzan sah in seinen Augen, wie stolz er auf die vier Freunde war.

Mit dem Zeigefinger stieß der Scheich den Dolmetscher an.

„Rhabarber, Rhabarber, Rhabarber . . .“ Der Bebrillte übersetzte mit Höchstgeschwindigkeit. Trotzdem brauchte er doppelt soviele Worte als Tarzan.

Ein Lächeln spielte um die dünnen Lippen des Scheichs.

Er nickte Tarzan zu. Dann sagte er etwas mit ziemlich schriller Stimme. Es klang, als locke er Hühner an.

„Abu Yassir Khalun", sagte der Dolmetscher, „wird eure Tüchtigkeit belohnen. Allerdings — eine fünfprozentige Prämie, wie man hier annimmt, ist aus bestimmtem Grunde nicht möglich. Später wird der Prinz das erläutern."

Prinz? Welcher Prinz? überlegte Tarzan. Aber dann begriff er, daß der ältliche, vertrocknete Scheich ein Prinz war. Du meine Güte! dachte er. Nur gut, daß Dornröschen das nicht weiß. Bei so einem Prinzen wäre sie nach 100jährigem Schlaf von allein aufgewacht und hätte aufs Wachgeküßtwerden verzichtet.

Natürlich mußte Tarzan erzählen. Er ließ alles Unwichtige weg und legte einen knappen, aber vollständigen Bericht ab. Mit Pausen. Damit der Dolmetscher übersetzen konnte.

Immer wieder nickte der Scheich. Er schien nicht überrascht zu sein. Und wenn — dann höchstens über die Findigkeit der vier Freunde.

Wenig später fuhren mehrere Polizeiwagen vom Präsidium ab. Im ersten saßen: Der Präsident, Kommissar Glockner und Tarzan. Ohne Sirene und Blaulicht ging's in Richtung Bricheisenstraße. Daß der Polizeipräsident persönlich mitfuhr, war eine große Geste gegenüber dem Scheich. Der und seine Leute mußten im Präsidium bleiben, obwohl der Prinz am liebsten seine Leibwache mitgeschickt hätte.

„Das wäre was geworden", sagte der Präsident leise. „Die hätten zumindest von Smith nichts übriggelassen."

Eine Weile fuhren sie schweigend.

Tarzan fühlte, wie der Stolz ihm die Brust schwellen ließ. Es war schon ein tolles Gefühl, der Polizei so helfen zu können.

„Daß du Oskar gerettet hast", sagte Herr Glockner plötzlich, „dafür danke ich dir ganz besonders, Tarzan." Er drückte ihm die Hand.

„Das war das Wichtigste", sagte Tarzan. „Die Millionen — naja."

Die Polizeiaktion verlief wie geschmiert.

Die Wagen hielten am Anfang der Bricheisenstraße, außer Sichtweite des Hauses.

Sofort kamen Karl und Klößchen mit ihren Rädern heran.

Teske sei vor einer Viertelstunde nach Hause gegangen, berichteten sie aufgeregt, aber nur, um Werkzeug zu holen. Jedenfalls sei er dann mit einer Werkzeugtasche zu Funke zurückgekehrt.

„Funke, Smith und die Frau haben sich nicht vor die Tür gerührt", sagte Klößchen.

Leise Kommandos ertönten. In wenigen Augenblicken war das Haus umstellt.

Aus sicherer Entfernung sahen die Kinder zu.

Kommissar Glockner und drei Polizisten gingen dann zur Tür. Olga Kretschmer öffnete, nachdem sie geklingelt hatten. Was im einzelnen geredet wurde, hörten die Kinder natürlich nicht. Aber die Verbrecher begriffen offenbar, daß es keine Möglichkeit zum Entkommen gab. Und daß Gegenwehr sinnlos wäre.

Die Festnahme verlief völlig undramatisch. Mit Handschellen gefesselt, wurden Smith, Funke und Teske abgeführt. Auch die Frau war verhaftet. Aber auf Handschellen verzichtete man bei ihr.

Der Tresor stand in Funkes Wohnzimmer auf dem Tisch. Er wies Kratzer auf, Dellen und zwei Bohrlöcher — hatte aber Teskes Geldschrankknacker-Fertigkeit noch widerstanden.

Der Präsident nahm der Tresor in Empfang, als handele es sich um ein Nationalheiligtum. Er wurde in den Kofferraum gestellt. Dann fuhren sie ins Präsidium zurück.

Im Büro des Präsidenten, wo der Scheich wartete, fand dann die Übergabe statt.

T

Tarzan war dabei, Karl und Klößchen warteten im Vorzimmer. Beinahe hätte Tarzan gelacht über das verstörte Gesicht des Präsidenten.

Denn der Dolmetscher erklärte: „Prinz Abu Yassir Khalun bedankt sich herzlich für das Bemühen der Polizei, Herr Präsident. Der Tresor kann verschrottet werden, denn durch die Behandlung des Geldschrankknackers ist er unansehnlich geworden. Es ist auch nicht nötig, ihn zu öffnen. Denn er enthält nichts. Ja, Sie haben richtig gehört. Der Tresor enthält nichts. Jedenfalls weder Gold, noch Juwelen oder andere Pretiosen *(Kostbarkeiten)*. Lediglich um sein Gewicht zu erhöhen, wurde er von Vertrauten des Prinzen mit ... eh ... irgendwelchem wertlosen Ballast angefüllt. Die Erklärung dafür ist: Der Prinz ahnte, daß sein Pilot Harry Smith ein Verbrechen plante. Da der Verdacht jedoch kein Beweis ist, sollte Smith auf die Probe gestellt werden. Die Ereignisse zeigen, daß der Prinz sich nicht geirrt hat."

Himmel! dachte Tarzan. Das gibt's nicht! Ich könnte mich kringeln. Tausende durchsuchen wie die Verrückten das Moor, und die Schatzkiste ist leer. Wenn das kein Witz ist! Das haut die Schatzsucher um. Dieser Scheich! Wie er grinst. So ein alter Schlauberger!

„Aha!" sagte der Polizeipräsident und straffte sich. „So ist das also. Das hätten wir aber gern eher gewußt. Dann wäre unsere Aktion eine Nummer kleiner ausgefallen."

Der Dolmetscher hob verlegen die Schultern. „Ja, und noch etwas", sagte er dann: „Der Prinz ist entzückt von der Tüchtigkeit der vier Kinder. Er läßt sagen, daß er selbst 28 Kinder besitzt — hauptsächlich Söhne, natürlich — und Kinder sehr liebt. Peter Carsten, Gaby Glockner, Willi Schauerlich und Karl Einstein werden deshalb jeder einen Scheck über 10 000 Mark erhalten. Ich bin befugt, die Schecks sofort auszustellen und zu überreichen."

Für einen Moment verschlug es Tarzan die Sprache.

10 000 Mark! Konnte man das annehmen? Warum nicht! dachte er dann. Dem Scheich tut's nicht weh, aber für meine Mutter, zum Beispiel, ist soviel Geld eine Riesenhilfe.

Artig verbeugte er sich vor dem Prinzen.

„Ich bedanke mich sehr herzlich, Herr Abu Yassir Khalun. Auch im Namen meiner Freunde."

Der Prinz nickte, lächelte und reichte ihm freundlich die Hand.

In der Stille, die dann folgte, wandte sich Tarzan an den Dolmetscher.

„Nur — bitte, achten Sie auf die Namen, wenn Sie die Schecks ausstellen. Mein Freund heißt nicht Schauerlich, sondern Sauerlich. Wie Zitrone... eh, ich meine. Naja, Sie verstehen schon. Und der andere heißt Karl Vierstein, nicht Einstein. Obwohl — was sein Gedächtnis betrifft, da könnte er tatsächlich Einstein heißen, wie der große Physiker."

„Du meinst den Schöpfer der Relativitätstheorie", sagte der Prinz plötzlich, immer noch mit schriller Stimme, aber in schönstem Deutsch. Lächelnd fügte er hinzu: „Ein wenig, meine Herren, beherrsche ich Ihre Sprache. Aber nur ein wenig. Und — Dolmetscher müssen ja auch leben."

Dieser Wüstenfuchs! dachte Tarzan vergnügt. So raffiniert wie der möchte ich auch sein. Dann ging er hinaus zu seinen beiden Freunden, und als die von der Belohnung hörten, blieb ihnen zunächst mal die Spucke weg. Nur Klößchen sagte, und seine Stimme zitterte beinahe ein wenig dabei: „Jetzt müssen wir aber sofort Gaby anrufen, damit sie Oskar einen Hundeknochen aus Büffelleder kauft!"

Weil Tarzan wieder mal rot wurde, wandte er sich verlegen ab.

Deshalb sagte er auch nur: „Klar", aber in seinen Augen standen Stolz und Freude.

— Ende —

Liebe Stefan-Wolf-Freunde!

War spannend, nicht wahr? Diese Geschichte unserer vier Freunde vom TKKG und ihren mutigen Abenteuern hat Euch sicher gefallen. Von Stefan Wolf gibt es aber noch mehr Bücher über die vier Freunde, jeder Band ein packendes Abenteuer von Tarzan, Klößchen, Karl und Gaby. Und Oskar ist natürlich auch immer dabei, denn der lustige und treue Cocker-Spaniel gehört genauso zu dieser verschworenen Gemeinschaft. TKKG nennen sie sich nach den Anfangsbuchstaben ihrer Vornamen. Sie halten zusammen wie Pech und Schwefel, sie sind immer fröhlich, und Kameradschaft ist für sie selbstverständlich. Kennt Ihr auch die anderen Stefan-Wolf-Bücher schon — jedesmal ein neuer „Fall für TKKG" mit vielen hübschen Zeichnungen Eurer Lieblinge und ihrer Abenteuer?

Die Jagd nach den Millionendieben
Eigentlich wollen Tarzan, Gaby und Karl nur mal abends übers Volksfest bummeln, aber aus dem kleinen Ausflug wird ein großes Abenteuer. Zufällig beobachtet Tarzan, wie die schon lange gesuchten Millionendiebe aus einer Villa wertvolle Gemälde stehlen. Unsere vier Freunde vom TKKG, denn natürlich gehört auch Klößchen dazu, wollen die Bande ganz allein entlarven. Welche Rolle spielt der seltsame Bruder des unsympathischen Zeichenlehrers Pauling? Haben die Rocker etwas mit den Einbrüchen zu tun? Was tut sich in der feudalen Villa von Klößchens Eltern, wo der Chauffeur niedergeschlagen wird und das Luxusauto verschwindet? Lauter merkwürdige Dinge geschehen, die sich nicht zusammenreimen. Nichts kann unsere vier Freunde von der waghalsigen Gangsterjagd abhalten, die mit einer handfesten Überraschung endet.

Der blinde Hellseher
Tarzans Schulfreund Volker Krause war schon immer etwas scheu und zurückhaltend. Seine Freunde werden nicht recht schlau aus ihm. Eines Tages kommt Volker nicht zur Schule: Verbrecher haben ihn entführt und fordern hohes Lösegeld von seinen Eltern. Die Krauses sind sehr reich, und Volkers Mutter gilt als etwas übergeschnappt. Sie glaubt an überirdische Erscheinungen und läßt sich von dem blinden Hellseher Raimondo seltsame Botschaften aus dem Jenseits übermitteln. Unsere vier Freunde vom TKKG trauen diesem Raimondo nicht. Hat er den armen Volker entführt? Oder war es Mario, der ein italienisches Restaurant betreibt und sich recht verdächtig benimmt? Tarzan, Klößchen, Karl und Gaby suchen ihren Schulfreund auf eigene Faust. Natürlich hilft auch Oskar kräftig mit, Gabys treuer Cocker-Spaniel. Die Kinder geraten von einer gefährlichen Situation in die andere, und der Fall wird immer geheimnisvoller.

Das Paket mit dem Totenkopf

Als Tarzan an einem bitterkalten Winternachmittag im Stadtpark dem alten Oberst Grewe zu Hilfe kommt, der von zwei gemeinen Räubern überfallen wird, ahnt er nicht, daß dies der Anfang eines gefährlichen Abenteuers werden sollte. Tarzan findet einen Lederbeutel mit einem Fixer-Besteck, wie Rauschgiftsüchtige es benutzen. Langsam beginnt das Rätsel sich zu lösen, als die vier Freunde vom TKKG am Hauptbahnhof ihren Schulfreund Detlef Egge mit Boxernase beobachten, einem richtigen Gangster, der ein geheimnisvolles Paket mit einem Totenkopf im Schließfach versteckt. Das wird ein echter Fall für TKKG, denn sie sind einer skrupellosen Bande von Rauschgifthändlern und Erpressern auf der Spur, die vor keinem Verbrechen zurückschreckt und Jugendliche ins Elend stößt. Ein Abenteuer jagt das andere, bis Tarzan und seine Freunde in einer unheimlichen Nacht auf dem Westfriedhof dem Geheimnis näher kommen.

Das Phantom auf dem Feuerstuhl

Sie kommen von einem Volleyballspiel der Schulmannschaft, Dr. Bienert, Studienrat für Englisch und Sport und gleichzeitig Trainer der Mannschaft, und Tarzan. Unter einer Autobahnbrücke verübt ein Unbekannter einen Anschlag auf den Wagen. Der Studienrat wird verletzt, Tarzan kommt mit dem Schrecken davon. So fängt alles an. Ein Phantom spannt in der Dunkelheit Drahtseile auf Autobahnen und Landstraßen, wirft von Brücken Steine herab und schleudert Stahlkugeln gegen fahrende Autos. Die Polizei scheint machtlos, niemand hat den Unbekannten gesehen, man weiß nur, daß er ein Motorrad hat. Tarzan, Klößchen, Karl und Gaby wollen das Phantom finden. Hat der seltsame Holzschnitzer etwas zu tun mit den Attentaten? Und was steckt hinter der Brandstiftung beim Weindl-Hof? Ist der Vater der gelähmten Claudia verdächtig, weil er sich an allen Autofahrern rachen will? Ein unheimliches Abenteuer voller Spannung.